李　霞◎著

所遇

SUOYU

江西人民出版社
Jiangxi People's Publishing House
全 国 百 佳 图 书 出 版 社

自　序

每一个人，都是生活的写者

人群中有一种人，写作并不是他（她）生活的全部，也就是说，他（她）并不以写作为生、为职业。写作只是他（她）的爱好，且是诸多爱好中的一种。但这一种爱好，却让他（她）多了一个通往自我精神世界的途径，也让身边的人多了一个了解他（她）和他（她）的思想的窗口。我把这种人称为"写者"。

写者是需要生活的，写者的思想三分之一建立在现实生活基础上，三分之一是以生活为蓝本的创造，最后的三分之一，是通过阅读获得。因此生活的丰富是写作的丰富的重要前提。当然这中间还有一道桥梁，那就是思考的丰富。因为有生活并不一定善思考。所以，写作的丰富还必然包括思考的丰富。打一个比方，写者将生活视为自己的"伴侣"，既与生活融为一体，将所有的感知调动起来去听闻见触，嬉笑怒骂；又能与生活保持一定距离，以审慎客观的态度明察生活、生活中的自己，以及周遭的种种。善于捕捉生活，善于思考生活的人，才有可能成为写者。这一点，与那些以创作为职业的作家相差无几。

与作家一样，写者也需要灵感。作家灵感的出现，有赖于其见闻的丰富。缺乏变化和流动的因循生活,就像波澜不惊的湖水。作家需要"无风起浪"、"无事生非",需要主动出击,制造变化,以纷繁的影像、声音、色彩、文字、风景等等外物来冲击自己的感知,促使灵感更为频繁的出现。这用行话被称为"采风"或者"体验生活"。当然这只是一方面,甚至是微不足道的一方面。对于写者来说,更是如此。因为写作毕竟只是写者生活的一小部分。重要的是在琐碎庸常的日用生活中保持一颗善感善知的心。一颗善感善知的心总能从"波澜不惊的湖水"中察觉到细微的变化,也总能从生活的庸常中寻找到独特的兴味。所以灵感并不是飘忽不可捉摸的东西。从外而内,量的积累总会带来质的突变;由内而外,敏感的心灵就像一双明亮的眼睛,总能与那些如火星般稍纵即逝的精灵不期而遇。所以,灵感的培养是自觉,灵感的出现是自发,对灵感的捕捉却又一定是自觉的。

我们每一个人,都是生活自知或不自知的写者。自知自觉者,所思所想铺陈于文字。以文字记录见闻,记录感知,记录情绪。文字或许不美,句式或许聱牙,甚至一番井底之见难入法眼。但情感真实能引来共鸣;偶有真知灼见,如蜡如炬,光明一隅;不自知者,其人生经验未必诉诸笔端,却以其他方式留存传递,释放出积极的能量。无论哪一种,所体现的都是认真生活的态度。

以写者的心态感知生活,以写者的姿态捕捉生活,以写者的状态生活于生活。每一个人,都是生活的写者。

目 录

第一辑　智慧人生

寻找　　　　　　　　　　　　　2

境遇　　　　　　　　　　　　　4

闲适：不可或缺的人生意义　　　7

灵魂的自由　　　　　　　　　　10

人生·人性　　　　　　　　　　13

绝境处的风景　　　　　　　　　16

文字之重　　　　　　　　　　　18

儒学人生　　　　　　　　　　　20

意义·爱　　　　　　　　　　　28

生活，不在别处　　　　　　　　32

生命的价值　　　　　　　　　　34

幸福七章　　　　　　　　　　　36

"快乐的猪"还是"痛苦的人"　　46

人性　　　　　　　　　　　　　48

灵性　　　　　　　　　　　　　51

情感与技巧　　　　　　　　54

关于人生　　　　　　　　56

关于生活　　　　　　　　59

人生如旅　　　　　　　　61

心灵的四季　　　　　　　69

美、完美及其他　　　　　71

文字之美　　　　　　　　73

精神的贵族　　　　　　　75

自己的路　　　　　　　　78

面朝大海,春暖花开　　　80

心声　　　　　　　　　　82

你是自己　　　　　　　　84

每一个人,都是生活的哲学家　　87

看法　　　　　　　　　　89

热爱　　　　　　　　　　91

情理　　　　　　　　　　93

所遇　　　　　　　　　　95

"我曾见的生命,都只是行过,无所谓完成"

　　　　　　　　　　　　98

关照自己的灵魂　　　　100

境界　　　　　　　　　102

思考　　　　　　　　　104

要有一颗慧心　　　　107

关于哲学　　　　　　111

通往经验之路　　　　113

本性·本分　　　　　115

性情　　　　　　　　117

生活哲学　　　　　　119

静心与中庸　　　　　121

自在　　　　　　　　123

智慧人生　　　　　　125

第二辑　心灵的屋

(不)寂寞　　　　　　128

秋　　　　　　　　　131

好好的　　　　　　　134

听风在唱歌　　　　　136

水仙的模样　　　　　138

心灵的屋　　　　　　140

女人如花　　　　　　142

优雅小语　　　　　　145

此时此刻的思绪　　　147

生活的一半　　　　　148

往前看的人生　　　　150

又见法国梧桐　　　　　　　152

所谓伤感　　　　　　　　　154

累了　　　　　　　　　　　155

秋之记忆　　　　　　　　　157

春的呢喃　　　　　　　　　161

如果只是梦　　　　　　　　162

完美主义及其他　　　　　　163

记忆　　　　　　　　　　　165

栀子花开　　　　　　　　　168

心灵感应　　　　　　　　　170

雨荷　　　　　　　　　　　174

青春——喜欢的秘密　　　　176

清净　　　　　　　　　　　179

刺痛　　　　　　　　　　　181

离歌　　　　　　　　　　　183

有时候　　　　　　　　　　185

觅　　　　　　　　　　　　187

月夜　　　　　　　　　　　189

春之轻吻　　　　　　　　　191

暗流　　　　　　　　　　　193

舍不得　　　　　　　　　　194

夏　　　　　　　　　　　　196

闻酒识女人　　　　　　200

丈量幸福　　　　　　　202

闲来听雨　　　　　　　203

有一双眼睛　　　　　　204

可惜不是你　　　　　　205

回望与前观　　　　　　207

靴城保定　　　　　　　210

北京欢迎您　　　　　　214

第三辑　爱的菩提

爱的先后　　　　　　　220

保持爱情　　　　　　　222

喜欢　　　　　　　　　224

爱的菩提　　　　　　　225

爱的价值　　　　　　　229

怎样的男人才能嫁　　　232

男人和女人　　　　　　234

女人渴望什么样的婚姻　236

男人、女人、爱　　　　238

泪笑为哪般　　　　　　243

寻找生命的另一半　　　245

我们俩的婚姻　　　　　247

痛苦着快乐 249

在生活里学会生活 251

爱你的女人 252

灵与肉 254

爱到陌路 256

拯救婚姻 257

印 260

又说婚姻 261

真的爱 263

幸福婚姻的秘密 265

爱的理由 266

爱情与婚姻 268

爱与爱情 270

论婚姻 273

女人 288

当爱成为习惯 293

家 295

命 298

爱在右,同情在左 302

第一辑 智慧人生

寻找

有一些人，算不得天生的乐观，却相信一个希望幻灭后，仍有一个希望在前面。所以，他不会因为失败而陷于沮丧。更为重要的，是他相信在人生的开合之间还有一个天地，一个不进不退、不舍不得、不去不来、不悲不喜的天地。也许未必真的能不进不退、不舍不得、不去不来、不悲不喜罢。因为，谁能免得了是非、躲得过福祸、逃得掉生死。但他依然寻来了这样一个所在，而且把自己的心好好地安放在那里——在希望荒凉时，在人情寡淡时，又或许在马蹄春风时，当做他的安顿或醍醐。

生命不总在寻找吗？没有金钱的找寻金钱，没有爱情的找寻爱情；有了金钱的找寻更多的金钱，丢了爱情的找寻新的爱情。因为寻找，我们不得不步履匆匆，不得不左顾右盼，不得不顾此失彼。这不可笑，这是生活的真实，甚至是生活的悲凉。在寻而不得时,在得而复失时,在得非所愿时,不是悲凉又是什么?

但生命又不总是悲凉。当我们知道那些世俗的名利只能让我们获得暂短而浅表的虚荣;当我们知道寻找什么永远比寻找本身更为紧要;当我们知道唯有寻找的背后写着善真与美,生命的意义才会开满径路两旁——我们便能从这份悲凉中咀嚼出一些甘甜。

而寻找,也只不过是生命状态的一种罢了。就像我们的身体可以摆放出不同的姿势,我们的生命,亦可以有不同的状态,寻找、停歇、疏放,或者完全的慵懒。所有这些,只是生命存在的不同需要。

所以,对于寻找什么,要有所坚持;对于寻找本身,却不必执念。有所坚持的是方向和目标,为的是减少迷途的可能。不必执念,是教我们通往目的的径路总有万千;教我们在品尝得到的欢欣时,更去习惯"寻而不得、得而复失、得非所愿"的悲凉。

是了,"你不妨在世界上闯荡,去建功立业,去探险猎奇,去觅情求爱,可是,你一定不要忘记了回家的路。这个家,就是你的自我,你自己的心灵世界。"(周国平)

境遇

我不惮于自己的境遇。它的好或坏，我以为都是一种公平——不是命运对我的公平，而是我的付出对我的公平。

我们无处不与境遇照面。它包围着我们。"它支撑、驱使、蛊惑、满足我们，它使我们激发起来，又使我们失望下去。"甚至它还朝我们张牙舞爪。你被它打倒了吗？被那个"强大"的力量扑倒在地？

你要了解的真相是，境遇总是全是又总是全非，它无所不是又无所是。

境遇是抽象的，抽象即"不在"，"不在"即"无"。为这摸不到的"无"和"不在"，你痛苦什么？快乐什么？

境遇是精神性的实在。"实在"即"在","在"即"有"。既然"有"和"在",总少不了痛苦和快乐。

我们要从我们的境遇中得到的,不是什么命运的奖赏,而是此在的意义。

境遇是精神的客观实在性。对于"精神的客观实在性",我们所要做的一切就是什么也不做。我们所要说的一切就是什么也不说。

"从确知的境遇出发赋予自身以一种命运"——在命运面前,一切境遇必将让路。

境遇总只是"过路",来临或者过往。我们和我们的境遇的关联性只在这种来临和过往中。境遇不是人生,更不是人生的全部。

如果你被你的境遇堵住了心灵,怎么听得见"将来"的召唤。

你与你的境遇和解,你也必将与你的命运和解。反之并不尽然——你为你的境遇欢呼,你也必将为你的命运欢呼。

我们所将得到的,并不开始就放在那里。我们所将遇到的,并不开始就等在那里。我们"开始"了自己的境遇。

谁在主宰你的境遇。原始的本能？情感的无数种可能性？沉寂的理性？还是伟大宽广的精神性？你的选择决定了你的境遇。

人生的全境非由碎片式的境遇集合而成。全境的真实意义是某一业已进入较为稳定状态的心境的经年的重演。这一重演并非全无新意。它从它的安之若素中去寻找精神的删繁就简、纯朴空疏。

闲适:不可或缺的人生意义

闲适是对生命的一种享受。我总是这样认为,既然工作是为了更好的生活,就一定不要因为拼命工作而忘了享受生活。没有意识到这一点的人,才会在生命结束时喟叹,"我只是使用了生命,而不曾享受生命!"

人的生命是有很多种用处的。学习、工作、赚钱、照顾家小……若我们要挖掘人生的意义,享受生命当是不可或缺的一种。不要总是匆匆地去追赶,停下来看看斜阳,闻闻花香,和孩子们嬉耍一番;回过头去看看那些逝去的岁月;等一等那些走得比你慢的人;浑浊无光的生命又变得透亮而有生气。

林语堂说,"当精神可以随心所欲地游荡之时,我们才会看到一个内在的人,看到他真正的自我。"一个人在工作之余的闲情逸致，和他对生活的品味，总像藏在心底里的一把琴，轻轻撩拨，便能奏出心声，引来知音。

我们总说人生匆匆，于是把所有的时间都用来工作、用来赚钱，而不肯拿出一些时间来作闲适的安排。这样的生活只有志、少了趣；只有修、少了养，不能不说是一种遗憾。

若单纯是闲，恐怕又会懒而散之。所以闲暇时要有闲暇时的主张。古人对生活常有别出心裁的雅致安排。单说茶，便有艺和道。加了情感、慧心、思想和创造，品茗就变成了一种生活的艺术。即便是食蟹、养鸟、斗蛐蛐，也是大俗里透着大雅，更不论琴棋书画。是的，闲适的生活，不光是为着放松和消遣，更为了怡性陶情，养出一个人的情趣品味，养出一个民族的精气神。

哪怕我们拿不出更多地时间来享受生命，也一定不要忘记对生活情趣的追求。一帧字画，几块奇石，三两株绿萝，微幽一角也能心接天地、神游浩渺。

有闲而有钱，总是人所向往的，却又常叹难得双全。就像先前唱的一句歌词，"可是有了钱的时候我却没时间"。把有钱和有闲对立起来、分离开来，这是最糟糕的一种状况。所以我看这圆满有大圆满，亦有小圆满。生活中但追求一些小圆满,有一点点闲,再加有一点点钱,未尝不是一种幸福。

闲暇和工作都是神圣的。而忙碌之余的闲暇,这样一种放松,比单纯的休息更让人心旷神怡,更让人得到生命自由而自主的感觉。

记得多年前一个同学曾说了这样一句话,今晚我要留出些时间来思考。当时我略有不解,思考不是可以随时随地进行的吗,为什么要特意留出时间。也许这是他对待思考特殊的态度罢。就像我们对待闲适,也有不同的态度。但我以为,闲适未必要以时间和空间的形式具体呈现出来,也未必一定要放下手头的工作刻意去做些什么。它可以就是一种心情的调节,一种精神的收放。当匆匆步履变得不紧不慢,焦躁不安变得怡然散淡,那就是一种闲适。

世界上唯有时间最宝贵,唯有爱最值得珍惜。若把这两者结合起来,便最美妙和闲适。而若把这美妙和闲适送给家人,一定是最受欢迎的礼物。

灵魂的自由

爱是不自由的。譬如女人对男人的爱,太紧让男人觉得成了束缚,太松又失去了把握。反过来,现代女性大概也不喜欢男人借由爱的幌子而宣称身心的据有。金钱是不自由的。对穷人来说,金钱的取用总受了收入的限制;对富人而言,私底下甚或可以挥霍无度,却又不得不顾忌富而不失其礼的公众形象。那么,这世上便没有一处是自由的吗。是了,绝对的自由不存在,但灵魂的自由却是"无限接近"绝对自由的一种。如果说爱、金钱、肉体的自由总有其限度和不可逾越,灵魂的自由则足可以称为永恒和不朽。

约翰·穆勒在《论自由》中有这样一句话,对自由做了极好的诠释。"一个人自己规划其存在的方式总是最好的,不是因为这方式本身算最好,而是因为这是他自己的方式。""他自己的方式"是自由的要义,即相对较少地依赖于他人、他物、他事而自作主张的自由。"他自己的方式"也是灵魂自由的必然和必须。列其为灵魂自由的第一条,并不为过。当然,同样是"他自己的方式",年少者多为特立独行、彰显个性。所谓反其道而行,"反"的目的只为"反",不在于"道",亦不在于"行"。真正的"他自己的方式"或者说灵魂的自由却并不是挣脱了束缚或束缚的消解,而只是权衡后的把握——在多种可能性中选择较之其他更近乎情理的一种,作为他的存在、发展或者行进的方式。

灵魂的自由的第二条,是过度欲望的剪除。如果我们称灵魂为精神、思想的归宿,那么,通往这样一个归宿的路径,若有太多权欲、情欲、钱欲的枝蔓,道路必为之所阻,心意必为之所乱。满足了生存的基本需求后,我们无可避免地会有新的欲望、新的诉求,这并不可怕,甚至它是人类社会不断前进的原动力之一。可怕的是我们把它当成人生追求的唯一而执念不忘。对于灵魂来说,自由更多的是精神的存在方式,对生命体验的看重、对内在丰盈的关切远远胜过世俗的功名利禄。设若明白享受生活和生活的享受、艺术的生活和功利的生活原本不是同样的境界,便不难体会"一箪食,一瓢饮,回也不改其乐"的乐。

灵魂的自由的第三条,即在此岸建构灵魂殿堂。我们向往彼岸,却有意无意地在此岸与彼岸间设置一道鸿沟。通往彼岸的道路由此变得艰难。事实上无论是肉身还是灵魂的救赎,完全关乎于己,己心、己意决定了这道鸿沟的大小甚至存在与否。在此岸建构灵魂殿堂,则此岸即是彼岸,彼岸亦即此岸。真小人和伪君子惧怕此岸灵魂殿堂的构建。但唯有在此岸构建起灵魂殿堂，灵魂自由的实现，便不再有推脱的理由。道路的艰难，也从虚幻的鸿沟变为可以克服的现实。

对灵魂的自由的渴望，与自由的灵魂互为表里。就像语言的深刻必然源于思想的深刻，思想的深刻也必然表现为语言的深刻。但我们没有办法去做更多这样的逆向推导。大多数情况是，灵魂的自由寄身于物质世界，但又以某种奇特的方式远离或者说超越物质世界。它不是对物质世界的否定，但至少，是一种理性的严苛的批判。

人生·人性

当我们经历了人生的种种，尤其是人生的磨难或者不平，总会生出些看透世故的感慨。事实上，看透却无法看淡，看淡却无法放下，无法放下且依然故我的，是人群中的多数。一边抱怨，一边生活，这才是真实的人性吧。同时，谁说这不是人生可爱的缺憾呢。我想，正因为这可爱的缺憾，才成就了人生和人性的完整真实。

遁入空门或者绝尘而去，算得上是真正放下。可惜又太彻底。因为人生的美好或者悲凉，拥有多少、失去多少永远不是最重要的。重要的是我们有一颗慧心，看得见悲凉，更能在悲凉中看见人生的美好。

人生的意义有很多种，算起来，百无聊赖也是其中一种。当然，人性是不甘永远的沉沦与寂寞的。于是,我们在无意义中找寻意义,在为物欲所逐渐消融的自我中重新找回那个精神的自我,藉此走出人生的困顿。这正是人性的可贵。

我以为,所谓修养,即人生须修,人性须养。

先说人生须修。人来世上一遭,一为修身。既是修,便须历经种种。生老病死是修,喜怒哀乐是修,起降沉浮是修,离合聚散亦是修。二为修缘。人缘、情缘、学缘、业缘、财缘乃至孽缘。在修身中结缘,在结缘中修身,是为人生。

再说人性须养。人性善恶,历来莫衷一是。"养"却是不争。所谓"吾善养吾浩然之气"是养,所谓"知者不惑,仁者不忧,勇者不惧"是养。善恶存一不弃"养",即为善。善恶存一而拒"养",即为恶。

总要像塞林格的《麦田里的守望者》,守住些人性的善真和美——在它坠向空虚和物欲的深渊前。

人生何其相似。生老病死、起降沉浮或者悲欢离合;人生又何其不同。在生老病死、起降沉浮、悲欢离合中咀嚼出不同的况味,活出不同的境界。

人生和人性都是大的命题。而生命的个体,只是其中的一个小小注脚。但这个小小的注脚,却又是它自己的唯一和全部。

人性在神性和兽性间游走——它是神性和兽性的角力，又是神性和兽性的结合。

　　一切伟大的，我们冠之以人性。一切丑陋的，我们亦冠之以人性。所以，人性既是矛，又是盾。

　　人性最不济的"身份"，也应当是没落的贵族——在物质的贫困中坚持精神的美好。

绝境处的风景

绝境的风景,总是别样的引人入胜。或许是人类天生的猎奇心理,看惯了春花秋月、落日斜阳,总喜欢独辟蹊径去掠奇揽胜。

我的一个摄影师朋友,从他的思路来看,寻常的风景,能入眼入画却不足以产生摄人心魄的艺术魅力。那年的冰灾天气,连出门都显困难,他却不顾危险驱车进入秀丽却又峻险的明月山去拍摄冰雪中的风光,由此也摄到许多平素难得一见的瑰景。今年除夕夜与初一落在赣西的雪,又吸引他前往江西第一高峰武功山去拍积雪景观。我以为他是在寻觅和改变的过程中获得美,这是一种快意的享受。而当我们的心灵不设防、未有先入为主的成见或者远离惯常的栖居之所时,偶遇或者邂逅的绝景,更让人有惊鸿一瞥的悸动。

我想寻常百姓的人生多半如此。日出而作

日落而息的生活总会让人生出些许倦怠。然沿着既定的轨道走下去,惯性下的这种生活,安逸舒坦、波澜不惊,却也能换来相安无事天下太平。而当我们试图变革、立意在人生长河中翻云覆雨时,则必须面对绝境风景虽美,却往往暗含凶险、瞬息万变的景况。

另有一种主观上不甘平庸、客观情况亦迫使其奋起抗争的人生际遇。临绝顶却能一览众山小,末路穷途却又峰回路转,这是大写的人生。它往往需要危难处搏击风云的王者之气、跌宕起伏时迎险而上的不屈精神。是而古有刘邦项羽"大丈夫生当如此"、"彼可取而代之"的豪言壮语,今有小平同志"三落三起"的不凡人生。由此看来,绝境在眼,胸怀磊落、无畏惧如斯者却常能得通途于心。

文字之重

七月九日的南方周末有一篇文章——皮娜·鲍什不属于中国。

"在他看来，鲍什'革'了舞蹈的'命'——在鲍什之前，舞蹈只是身体的美丽变换，由一系列高难度动作组成，即便后来有了现代舞，也不过是脱下足尖鞋，停留在'自由解放身体'的层面上；而鲍什却进行了一系列的'捣乱'与'破坏'——她经常不让舞蹈演员展示身体的美与单调的技巧；在台上，演员们可以像他们生活中那样，穿着高跟鞋或西装，漫不经心、走来走去，她竟然让舞蹈演员在舞台上说起了话……""她从人性的角度扩展了舞蹈的可能，鲍什让舞蹈不再是一件虚假的工艺美术品。""我在乎的是人为何而动，而不是如何动。"

这样一些话，很自然的让我由文中舞蹈和舞蹈者这个主题想到了文字和为文者。就像舞蹈的灵魂并不在于"身体的美与单调的技巧"，文字也绝不是用来简单罗列和堆砌的，哪怕出于通过遣词造句让它产生美的视觉效应的目的。相信每一个文字都是有生命的，就像鲜活的承载着不同人生意义的生命个体，文字之美就在于它所表达和传递的内在精神和思想。如果为文者因了写作前内心不吐不快、写作后如释块垒这样的心灵快感的驱使而为文，便通常总是处在"我在乎的是文为何而作，而不是如何作"这样的状态了。

文字是真实和善美的结合，偏注于形式之美往往产生许多繁文缛节，而使我们忽略一些原初的东西。就像装修，美观大方的基础上务求朴素实用。花哨的灯饰如果只是为了在过年过节时向亲戚朋友展示一番，未免太过浪费。因为三百六十五天住在屋子里的是自己，而非一年到头也未必登三两次门的亲友同事。"鲍什让舞蹈不再是一件虚假的工艺美术品"，那么文字也应当变回生活中有血有肉的生灵。美丽的面具或者粗粝而有质感的生活，让我们选择后者。

古往今来，文字所被赋予的记载历史、传递文明的责任让我们在力求摒弃文字形式之美时又生出文字之重、重于泰山之感叹。历史上因文字而获罪而丧了性命的多矣，所以文人大多谨小慎微。其实，文字只该是为文者内心一面轻巧的镜子，重压不得，敲锤不得。平面镜也罢，哈哈镜也好，在镜子上投影着世事的沧桑变迁，也糅杂着为文者嬉笑怒骂的心况。另一层，就像舞蹈者只是借助舞蹈、借助肢体动作来演绎思想和情感，文字更应当是普罗大众歌笑或者歌哭的权利，实在只该有真假善恶之分，而不该有轻重贵贱之别。

儒学人生

1

说到生命,谈到生命的有限和无常,这样的话题总让人觉得压抑与沉重。如果说生命是一把尺子、一杆秤,用岁月的刻度和砝码衡量着个体存在的价值和意义;那么生活,就是一杯用喜怒哀乐调制出来的或者明快或者凝重的鸡尾酒。"tomorrow will be another day ."翻过一页,又有谁知道明天将会发生什么。

如此看来,生命是必然,是宿命,更是一以贯之的求索与精神所在。生命的河,从母体的源头奔涌而出,然后不舍昼夜地向着一个命定了的方向和归宿坦荡荡奔流而去。而生活却是生命的一幕幕色彩纷呈的戏剧性演出,是无数的不可确定、不可预设。峰回路转的豁达,柳暗花明的欣喜,登高望远的胸襟,静水深流的从容,或者戛然而止的阻断后的凛然一跃……

李泽厚在《论语今读》中谈到，"包括孔孟在内的儒学的共同精神，即人生活在无可计量的偶然性中，却决不失其主宰"。很喜欢他的这样一段阐述。知天命，信天命，却又"谨慎敬畏地承担起一切外在的偶然，""在经历各种艰难险阻的生活行程中，建立起自己不失其主宰的必然，亦既认同一己的有限，却以此有限来抗阻，来承担，来建立。"

中国人的哲学是最能和合而融通万物的。积极有为地生活在当下，生活在有限的生命中，并善于从"精神的"生命的高度去拷问俗世的"物质的"生活。又甚或超然地带着一点期冀、一点等待、一点浪漫、一点童话般的幻想生活在憧憬中的未来，这便是心向往之的儒学人生吧。

2

有时候，我们慢下脚步，回望走过的路，问自己，如果当初走过的某一个人生的十字路口，做出了不同的方向的选择，现在的命运又是如何。有太多的"或者"和"也许"让人浮想联翩，又有太多的遗憾让人心生感慨，概叹之余我们却又不得继续向前。

是的，人生之中总有不可抗御和不可预测的偶然，我们所能做的唯有把握现在，这"现在"，正如流沙、如江川般匆匆而不舍昼夜地成为"过去"、成为记忆。而当我们站在命运的高处瞰视此身之所出、此形之所处、此情之所寄、此心之所往，尽管有唏嘘的对命运无常之感叹，坚强的我们依然没有停下划桨的双手，我们依然不舍自己前行的方向，依然努力地去探寻更为高尚的人生意境，哪怕只是随着人生的流波、只是被命运的洪川裹挟着沉浮或者进退。

人生的偶然性在于，命运诡谲地将机遇和挑战、成功和失败、鲜花和荆棘、顺利和挫折等等所有不可确定的因素洗成一副牌，我们无法买通命运，所以谁也不知道派到自己手中的将会是什么样的牌。命运的可控性在于，我们可以以自己丰富的阅历知识、积极的情趣心态以及良好的修养境界将手中的也许不怎么好的牌打出最好的结果。是的，"人生如牌戏，发给你的牌代表决定论，你如何玩手中的牌却是自由意志。"

"对生活、人生采取积极、进取、奋斗不息的精神……这正是使中华民族饱经困苦而能长期生存的重要原因"。命运不喜欢弱者，它不会因为你卑微地向它低头而怜悯和施舍。所以，请对命运微笑吧，微笑着去体验人世间存在的一切善良和美好！

3

洪钤所撰《父亲洪深的两次当官》一文中有这样一段话，"我们在这个世界上真的很无力，如同随水而动的一滴水，一根草，一片叶，顺流而下，而我们全然不知自己在人生之河的什么地方或停滞或消失，我们并不能真正意义地掌握自己的命运走向与归宿。"

话虽有些消极退避，却似乎是真理的一面。诚然，我们生活中的许多事情是无法选择的，我们不能选择自己的父母、自己的相貌，甚至经常不能选择自己的学业或者工作。很多时候，我们必须接受没有选择的"选择"，接受自己只是随波逐流的一滴水、一根草、一片叶的命运。但硬币的另一面，我们似又能够选择自己怎么活着，用什么样的心态面对未知，用什么样的理念解读人生：陷入命运的布局，满怀欣喜地期待，积极进取却又随遇而安，抑或是面对人生苦难之哲学式的耐心和坚定。

想起《荀子·宥坐篇》中的一段话：孔子观于东流之水。子贡问于孔子曰："君子之所以见大水必观焉者，是何？"孔子曰："夫水大，遍与诸生而无为也，似德；其流也埤下，裾拘必循其理，似义；其洸洸乎不漏尽，似道；若有决行之，其应佚若声响，其赴百仞之谷不惧，似勇；主量必平，似法；盈不求概，似正；淖约微达，似察；以出以入，以就鲜絜，似善化；其万折也必东，似志。是故君子见大水必观焉。"孔子眼中的水，似德、似义、似道、似勇、似法、似正、似察、似善化、似志，而不是随波逐流，不知所由，不知所终。如此看来，似水般年华，怎可轻易辜负。

再把人生比做爬山，我们同样可以看到，人生不可能时时处处处于巅峰，也不可能时时处处处于低谷，或者永远停留在一个相同的高度或深度。我们总是在连绵不断的山峦间经历人生的起起落落，在高低起伏、动静张弛的交替中收获波诡云谲的人生。每个人都有属于自己的"山"，无论谷底、山腰或者哪怕暂时陷入的困境，都有可能遇见风景，而这里的"遇见"未必是偶然的邂逅，它未尝不是无数次"迷途"之后的"出路"，无数次"沉底"之后的"泛起"。

很喜欢艾迈特·弗格斯在《积极思考的力量》中所写的那句话，"最好的总在后面。将来一定会比现在和过去更好，因为我已在成长和前进，而且我的灵魂会永存。我是我自己命运的主人。我非常欢迎未知事情的出现。我会满怀信心地奋勇前进，会在各种冒险中欢呼雀跃。"

是的，不知将要到来的会是什么，也许到来的并非你所想要的，也请对人生满怀期待吧。转过街角，也许便是一处风景，在你早已看惯了熙攘的人群，漠然于噪杂的市井。不经意间掀起眼帘，会有秋风摇落的花蕊，细细碎碎地铺满了一地；稍抬头，红霞似醉，浸染着静静流淌着的流年，还有这流年中为你觉知的、完全属于你的一段。

4

《道德经》有云，"企者不立，跨者不行。"说的是人走路办事要脚踏实地、一步一个脚印的道理。只是现实生活中，人们被无形的欲望的手推搡着，被熙熙攘攘的人流裹挟着，免不了心浮气躁、急功近利。

如果活着只是为了自己，也许大多数人都可以活得简单些。只是每个人都不容易，因为每个人的内心，有一个"自我"，还有一个"他我"。从一落地起，这个"他我"就被寄予太多"期望"。父母希望你是好孩子，老师希望你是好学生，下属希望你是好领导，弟妹希望你能在经济上有所扶持，朋友希望你在生意场上拉他一把⋯⋯经历了诸多苦辣酸甜,你也总能看透一些人情世故。只是能看透,却未必能看淡。看透是一种阅历,看淡却是一种修为,一种很难企及的心灵境界。但这也还只是道家的境界。道家教人遁世,却叹"世人都晓神仙好,惟有功名忘不了!"佛家不同,佛的境界是看破,是找寻彼岸和来世。唯有儒学教我们如何在"不可自拔"的现世安身立命,直面人生不躲避,哪怕仅活出些微的快意。

记得小时候家里有一畦菜地,母亲总是把撒得太密、挤在一起的白菜秧拔掉一些。我不解。母亲却说空出地方才可以让留下的秧苗长得更粗壮。少即是多,舍就是得,我以为这是生活的辩证法,万事万物的生长规律概莫如此。当内心种满各种欲望,往何处安放我们的灵魂;而智慧,美,爱,真理和正义,又如何长成可喜可爱的模样。

看透、看淡,却不道破,却随遇而安,甚至随遇而喜,这大概便是儒学的道理。

5

儒学是真性情的。

儒学从不故作高深或自处偏远,既不喜抽象的哲学思辨,更无意于宗教的神秘,以"形而上"、"救赎"、"消亡"或"对抗"来标榜自己。儒学的庙堂和教义就在日用生活中。正如李泽厚先生所说,儒家讲情,主张从具体的日常生活中获得生命感。它只是追求把日常生活过得有血有肉、有声有色、有滋有味。

"人生"或者"生命"这样深沉的话题远不如生活来得新鲜、具体和真实。因为生活本身就是一种美,一种真,一种善。但儒学也是有追求的,追求社会理想而不是理想社会,追求人生理性而不是理性人生。这种追求"高远"却绝不"虚无",它只是教你怎么活在现世中,沉浮却不"沉沦",平凡却不平庸,以个体的积极追求去获得人生的意义。

　　所以,儒学追求彼岸,却更重视"此在",重视个体人生经验的特殊和不可复制性,重视"把生的每个片刻都变成是真正自己的"。儒学想要努力握住的不是永恒的瞬间而是瞬间的永恒。但人生并不因此而丧失精神的高歌猛进。就像易中天先生所说,只有经济独立,才有人格独立,只有人格独立,才有思想独立。从这一角度来看,儒学对个人内在精神世界的关切最终是超过了对外在物质世界的追求的。

　　回过头来。儒学是真性情的。儒学有三层,第一层是衣食住行的生活,第二层是对生活的"眷恋、珍惜、感伤、了悟",第三层是生活的追求、人生的意义和生命价值的追问。这三层不是剥离的,而是情意行的融和;但这三层又非须臾不离。儒学也有不圆满,恰如人生。

6

　　中国的哲学,概莫儒道释三家。三家都重视此在,都是为人生的哲学。都力图让人更加幸福地生存于此岸世界,殊途同归罢了。儒学主张用积极的入世和一己之担当来构建此在的精神和物质世界,人的主观能动性应发挥至极致;道学追求人与自然的和解,却绝非以认识自然、遁入自然为旨趣,所谓无为之为,无用之用。而所谓的天道,无非是人道的反观自照,无非是将对自在自由生活的向往寄寓于山水自然;俗世化的佛学——禅,教人随缘任运,从有入无、从无入空明灵觉之境,以心灵的空寂面对尘世的烦扰。

以谁为此间真义。若以人生为体,其他只是人生因缘际遇中的取用罢了。执念于此,真义何寻。然世间多的是悟而执迷、耽于人生喜忧的凡夫俗子。儒学教人直面人生不退避,便成了扛住肩上重任和面对人间苦难的精神支撑,当然,决不是唯一。

谁说此岸是空无,谁说彼岸没有苦难。儒学的此岸永远是一个"实在",儒学的彼岸亦不是超脱此岸的极乐世界。它毫不避讳地在此岸与彼岸间搭起一座桥,将此岸拓延成彼岸,于是苦难依是苦难,幸福依是幸福;于是此岸成了彼岸,彼岸成了此岸……

阻断了对彼岸的幻想,才能直面现实,以喜乐为喜乐、以哀怒为哀怒;才能有志、有为、有担当。

此岸花落花亦开,彼岸花开花亦落。不向自身之外寻找彼岸,这是我喜欢的儒学的勇气与坦荡。

意义·爱

1

意义是生命的精神本体，是让生命变得璀璨的那束光亮。意义是生命的翅羽，哪怕你只是无垠天宇间的一粒微尘，也会因了这双翅羽，活出一粒微尘的宽广世界。当生命有了意义，我们便不再是由生而死，而是向死而生。

我们努力地赋予生命意义并真切地去体会自己作为生命的个体而存在的意义。爱或者被爱，铭记爱或者真诚地表达爱，或者未必是要如何地去影响周遭的人和事，有时候哪怕只是一个微笑，我们善意的表达，也会如波心微漾，使沉寂的水面多一些活力。

或者，生命的意义并不在于付出多少、获得

多少。因为生命本身就是一种意义。当我们作为生命而存在时,它的泪和笑,美和丑,一切的一切,便都成了诗中一句,画中一笔。

意义是一种高尚的精神价值。没有人可以玷污它,而一切都将为它所涤荡,因为它就是生命善真的本意,是美,是光和变革的力量。

意义并不一定是民族、国家、社会之类的宏大叙事话题。对于脆弱而独立的生命个体,活着、活下去便是全部的意义。

2

没有什么比意义更重要。哪怕生命,哪怕爱。但如果生命的意义,总是和某个人牢牢地联系在一起,这便是执着着痛苦的爱了。罗尔斯在《正义论》中是这样论爱的,"人一旦爱,遂极脆弱:世间没有所谓爱恋之中却同时思量应否去爱之事。就是如此。伤得最少的爱,不是最好的爱。当我们爱,就须承受伤害和失去之险。"爱的世界,便是意义的世界。这个意义,只有"多"和"少",而无所谓"好"和"坏",且更不是"有"或"无"。这个意义里,一定充满感性的泪光、诗的语言、浪漫的情调,或者思之不得的痛,或者痛苦的分离。爱的意义,就是努力地去赋予,去让生命变得更美和更有价值。所以,所谓"你爱,或者不爱我,爱就在那里,不增不减",这般脱俗无欲的爱,于我而言,实在是做不到的。

3

意义是价值的一种,是一种具有精神属性的价值。对人生意义的追问,亦即对人的存在价值的哲学追问。它表达的是人在安身立命之外对自我精神生存世界的深切关注。从人生的原点来看,生命存在的本身未尝不是一种意义,但对这种意义的深刻感悟却恐怕只有在行将失去生命时才能得到。而当我们循着由原点展延开来的人生轨迹看过去,我们会发现,对意义追问的本身,才是人生最大的意义。

人有很多种活法。活在物质世界,活在精神(意义)世界,或者两者兼顾并将意义世界视为灵魂的旨归。最后一种才是常态,但又正是这一种常态深深折磨着那些不断追问人生意义的灵魂。他们视意义为理想、目标,于是当某一种理想、某一个目标达成后,便会突然陷入找寻新的意义的困顿。像白昼之夜,明明是亮堂堂的白昼,却似乎什么也看不到、什么也捉不住。事实上,意义世界是没有终极的,就像禅宗以"有"到"无"到"空"的过程为悟道,却并不将"空"视为终点。但这种困顿的产生又是有积极意义的。当意义的需要成为人生最大的需要,它的产生至少说明我们依然保有前行的动力,问题只在于如何发动及向何处行进而已。

也许人生更多的是于"无意义"中找寻意义,于"无趣味"中发现趣味罢。当然也未必是真的"无意义"和"无趣味",因为在意义和无意义中,人是尺度和标准。它只是提醒我们要活得积极主动。而换个角度,暂短的百无聊赖也是不错的,慢下脚步,看看风景,也算是人生状态的一种。所以最可怕的不是彷徨和迷惘,而是在"困顿"中放弃对自我的认同与坚持、放弃对人生意义及方向的追问。

认识和实践始终是人类掌握世界的两种形式。但认识并不足以解答关于人生意义的问题。因为我们不总是活在精神世界。当我们陷入意义求索的认识困顿时,其实最好的解决方法一定是投向实践,在困顿中继续行进的脚步。

生活,不在别处

十八岁时,对世故人情颇能"置之度外"。仿佛被人潮推搡而茕然孑立的一方岛,没有方向,也不需要方向,灵魂却会在黑暗里像飞鸟一样飞向无人的海域。一只眼闭着,只为热闹和冷清都是别人的。一只眼睁着,却只将清淡而忧伤的眼神刻成画,挂在不为人知的一角。别人进不去,它也走不出。于是深深觉得自己是生活在别处的。

现在想起来,年轻人容易愤世嫉俗,满腔热血不曾图报,便换了放浪和烂醉,或施施然谢了去。

如今,却会像热恋中的人那般热烈地去爱,哪怕被拒绝,灼伤或者抛弃,也不肯减去一分一毫对它的热爱。是的,若未曾对它真诚而热烈地表达,怎知道爱或不爱。若未曾拼尽全力去盛开,怎会有花谢花开。

"但凡好看之处,就浓笔重墨,让它越发好看,但凡醉人之处,就更进三杯,让它醉倒泰山。"

生活,不在别处,就在当下。

生命的价值

在名记、外交官、企业家等不同身份中熟练地跳着华尔兹的叶莺是极富个性与行动力的女性。这样的女人往往锋芒尽现。连她的座右铭，亦不囿常人，让人记忆深刻。"人应该创造被利用的价值。"

传统的中国家庭教育，是教孩子读书入仕，生命的价值，不在自己，更多的是光宗耀祖的义务。革命年代的教育，喊的是又红又专，生命的价值，也不在自己，而是光荣艰巨的社会使命。人本思维的语境下，我们说的更多的是要将个体自我价值的实现与社会价值的实现融合起来。但无论那种，都未从一般走向个别，从抽象走向具体。"创造被利用的价值"，乍一听，是很不入耳的。仿佛"利用"和"被利用"了，便是一件荒唐而可耻的事。可细想想，"利用"和"被利用"，只是大胆而露骨地捅破了未曾说破的而已。生命的价值,具体到现实生活,具体到个体与个体的交往,具体到经济基础对上层建筑的决定,岂不正是"利用"和"被利用"。

"被利用"不是什么坏事。有价值才会"被利用"。"被利用"不是什么可怕的事,被人遗忘而束之高阁,被视为朽木而不雕才最可怕。换句话,如果你不"可爱",谁会爱你。还有一层意思。当我们限于单向思维时,总以为生命的价值就当如手电筒一样,你总是发光,总是去照亮别人,或者你更愿意用这样一种说法,发光的总是你,照亮别人的总是你。且记得,还有一只手,那只手,在黑暗中找到了你,揿开了默默的开关。而在你"被利用"的那一刻,你才成就了自己生命的价值。叶莺看到了这一点,这是她的伟大。

幸福七章

1. Discover or create

人生的意义或者说幸福是本来就附着于生命的吗?答案至少一半是肯定的。作为造物主最杰出的作品,生命存在的本身就是一种具有极高意义和价值的幸福。人是万灵之长,伴随着个体对自我心灵的积极探寻和自主完善,这种"生而为人"的幸福体验会愈加强烈。有时候,幸福又像是上帝散落人间的宝石。真正幸运的,是那些拾到它并把它视如珍宝的人。珍惜所拥有的,这样的人自然是会一生幸福的。另有一些,握着宝石,却又向别处寻找;或者,只是将它混同于沾满灰尘的玻璃,未曾真正去了解它的珍贵。

所以,幸福有时候是需要我们去发现的,那便是 discover。去找到那些"散落人间的宝石",去向混沌不堪的人生找寻明朗而积极的意义。

或者,仅仅是拭去尘污,将为它们所遮蔽的心灵的触觉、视觉、听觉、味觉解放出来,去感知种种人生的自在的幸福。"发现"的幸福,像是一种无可争议的普遍性的存在,存在于绝大多数人的生命中,只需要我们用心灵去感知用思维去认识罢了。

还有一种幸福,是需要创造的,就是 create。生命本无意义,需要我们赋予和创造出意义。这是个体的特殊体验,难免因人而异,因时而变。譬如同样是踮着脚走在泥泞的路上,他会诅咒这恶劣的天气和糟糕的路况,而她"微蹙的眉则在雨花绽放的瞬间欣喜地舒展,然后停下脚步,用指尖轻轻触碰雨的湿润。"每个人的视角和尺度不同,得出的幸福或不幸福的结论自然不同。但不论怎样,我们想讨论的是幸福的有无,而非幸福的多少。幸福的有无是对人生的态度,幸福的多少是对幸福的态度。

幸福是人生价值的一种,是人于生存发展的过程中所获得的一份为自己所证实的意义和一种积极的情感体验,是一种自我发现或者自我实现。听起来这好像是一种严肃的逻辑与理性的推理。事实上,幸福的宝石就攥在你手里,松开手心,让它发出璀璨之光吧!

2. It's an attitude

幸福人生并非没有悲伤和痛苦。正如我们所知,"a life,a fulfilling life, a rich life includes ups and downs,includes pain and getting happy again, includes failure and getting up again, it includes success and celebrating it, victories and losses, ups and downs ."

幸福不仅仅是瞬间或短暂而有限的感官愉悦，当然这也是幸福必不可少的组成部分。以至于享乐主义者将感官的愉悦、性的刺激与物欲的追求当成人生的目的。但更深刻、持久、内蕴的幸福感受却是来自于对生活朴素的热爱，来自于以善良、慈悲、宽容等高尚的道德追求来赋予人生以意义，来自于以积极的态度去面对人生种种并从中收获自尊和尊重。

拿一个富人和普通人来比较，富人的财富也许是普通人的 100 倍，1000 倍。但他的幸福感却未必就是普通人的 100 倍，1000 倍。甚至有可能正好相反，普通人的幸福感可以比富人更强烈更真实。所以我们说，财富、地位、权势与幸福有一定相关性，但它们并不是获得幸福的前提或必然条件。

幸福是一种生活态度，是一种精神状态。它像一面镜子，你报它以微笑，它也会用微笑对你。"幸福的人每天用一个微笑和一句话，慢慢地构建起自己美好的生活。不快乐的人则只是渐渐地没有做到这些，于是他们的生命也在悄悄地流逝。"就像乐观的人认为自己每天的生活充满了挑战和机遇，而悲观的人则把这些挑战和机遇视为烦恼和挫折。但是不要以为自己注定是一个悲观主义者。幸福，是一种不可压抑的生命力量，它潜藏于每个人的内心深处。只要你愿意，便可以用这份力量努力去握住光阴，felling it, experencing it and enjoying it .

3. The fable of seed

三个凡人请求上帝赐予他们幸福。

上帝给了他们每人一粒种子,告诉他们,这粒种子会开出幸福的花。

其中一人转身就把种子丢弃了。他不相信世界上会有长出幸福的种子。

第二个人回去把种子种下后便撒手不管,结果刚刚冒出绿色的幼苗日渐枯萎。

第三个人选择了合适的土壤种下种子,然后付出足够的时间和精力小心地呵护,直到种子开出幸福的花,直到花结出更多种子,种子又长出更多的花……

幸福并非虚幻,并非唾手可得,又并非遥不可及。幸福需要积极的行动,需要用积极的行动的力量去获取幸福。因为幸福不会自动出现,而种子握在手里永远只是种子。

每一个人都有可能获得幸福,只要你愿意从一个对现实的悲观不满者,改变成为适应者——这多少还有些消极的意味,再变成积极主动的创造者。这便是从 -1,到 0,再到 +1 的过程。要知道,是因为你不幸福而痛苦,而非你痛苦才不幸福。我们可以用幸福感、道德感,用追求成功、价值和意义来丰富自己的人生,来培养自己处理消极因素的能力。使自己对失败感、孤独感、自卑感等等痛苦情绪情感的免疫能力有所增强。当然,它不可能超现实地让任何人免于痛苦和悲伤。就像我们说过的,幸福的人生绝非没有痛苦和悲伤,绝非没有挫折和烦恼。它只会让你的伤口愈合得更快,让你能更快地从不良情绪中摆脱出来。

是的,每一个人都有可能获得幸福,只要你愿意,just do it.

4. Appreciate your journey

因住所的电梯出故障,你不得不从底楼一层层爬回三十楼的家。对于平素不爱动弹的你来说,这无疑是个艰难的旅程。你是怒气冲天、不停抱怨;还是接受这个现实,权且把它当成难得的锻炼机会,在这次"艰难"的旅程中发现从未体会过的运动乐趣呢?女友突然弃你而去,对于付出深厚感情的你来说,无异于晴天霹雳,你因此体会到前所未有的痛苦。你是一直深陷其中,以泪洗面、不可自拔;还是在一段时间的情绪低落之后,告诉自己,失去的只是一棵树,得到的却是一片森林。并重新找回生活的重心,回复心灵的平衡呢?

这样的例子还有很多。是的,当"现实"无法改变时,换一个角度去看问题,也许就会柳暗花明,让人豁然开朗。有趣的是,心理学家对"心理成熟者"的定义之一,就是他们"拥有根据自己的意愿转换角度的能力"。

糟糕的"现实"在人生的每一段旅程中都存在:失恋,求职被拒,投资失败,朋友的误会,爱人的背弃,身体的疾患……而接受"现实",甚或是悦纳"现实"、积极的诠释"现实"，从"现实"的无意义甚至是"痛苦"中找寻意义、发现意义、赋予意义，去"创造"出新的"现实"，却实在是一种了不起的能力。

"现实"怎么样不是最重要的，重要的是我们在面对"现实"的时候，拥有一个平和的心态，拥有睿智的思想，拥有转换角度看问题的能力。明亮有时，黯淡有时；忧伤有时，喜悦有时；高峰有时，低谷有时；登场有时，谢幕有时……当所有这些"现实"缀连成我们的人生旅程，你总会惊叹人生富于变化的美丽，惊叹命运之曲"大珠小珠落玉盘"的绮丽，惊叹生活的重峦叠嶂、峰回路转。而这样的富有生趣的人生，波澜起伏的人生，你又怎能不去"欣赏"。

5. Sometimes it means giving up

美国作家洛根说，"人的一生有两大目标：第一，得到你想要的东西；第二，享有你得到的东西。只有最聪明的人才能实现第二个目标。"(There are two things to aim at in life: first, to get what you want; and, after that, to enjoy it, only the wisest of mankind achieve the sceond.)还有一个，那就是放弃自己得不到的东西。

得到想要的东西需要天赋、努力和运气；享有得到的东西需要智慧、健康、爱和时间；而放弃得不到的东西，在舍与不舍、弃与不弃这样一个举步维艰的抉择历程中，需要的却不仅仅是这些。就像女人执迷于一份错误的爱，当她身处爱中，哪怕她知道这份爱是伤害，知道眼前短暂的快乐是要以长久的伤痛和悔恨为代价,却依旧不肯放手。不是"不悟",而是不肯悟,或者不肯接受"悟"后的现实。

"悟"是一个境界,一个新的起点,从"悟"到"释",却不知还隔了几重天。所以,佛教的持戒、禅定、智慧三者,即由戒生定、由定发慧、由慧起修,难的不是前者,却是最后一条——"由慧起修"。"世人都说神仙好,唯有功名忘不了。"说的亦是这个道理。

舍是最大的痛苦。懂得放手、放弃、放下,舍也会是最大的幸福。只是面对功名利禄、情长意短,转念间,多少人能全身而退,留一世清名;又有多少人"悟"而执迷,空遗许多嗟叹!

6. As long as you have the ability and still looking forward to

有人说,爱是一种能力,其实幸福也一样。心理学对"能力"的定义是"顺利有效完成某种活动所必须具备的心理条件,是人格的一种心理特征。"可见幸福或者说追求幸福的能力,是因人而异的,而这种能力本身也有着丰富的层次。

追求幸福的能力,首先是一种爱的能力。这种爱,是一种对生活的真挚热爱,因为只有你热爱生活,热爱生活中哪怕微如尘埃的美好;以悲悯的情怀,包容世间事物;并愿意接受命运可能的不公和生活中可能的不幸,你才有可能得到幸福。这种爱,更像是一种本能的释放,更像是一个人质朴的本心。弗洛依德把人性分为本我、自我、超我三个层次。

那么,它应当是本我的那个层次。

追求幸福的能力,其次才是一种创造力。创造力源于主客观的矛盾。换句话说,这种矛盾是主观愿望与客观现实的差距,是"主我"提出的"应然"目的与"客我"的"实然"状态的一种分壤。表现为人类对物质生活与精神生活无止境的渴求。物质的丰裕,以及对爱、幸福、自由、正义、智慧的向往,正是这种渴求激发了我们内心的创造力,让我们有勇气去改变我们可以改变的,让我们哪怕暂且忍受着苦痛却依然对未来充满期待。

追求幸福的能力,更应当是一种感知力。感知力是一种智慧,更是一种心态。所谓的智慧,不是单纯的知识和经验,而是知识和经验的升华。知识和经验让我们聪明,却并不一定让我们智慧。有智慧的人不会守着幸福到处寻找幸福。在智慧的人看来,环肥燕瘦可以是不同的美丽,锦衣玉食和粗茶淡饭可以是同样的幸福。而如果说感知力是一种心态,这便是教我们要适时调整自己的感受阈值。对幸福的感受阈值,其灵敏系数可以稍高一些,对不幸的感受阈值,却不妨将其灵敏系数降低一点。

追求幸福伴随了整个人生旅程。发现自身价值,创造自身价值,实现自身价值,享有自身价值,你,便是幸福的。

7. It comes from the pursue and cultivation of virtue

人性的美德,犹如沙滩上的珍贝,每一枚都让人爱不释手。而如果把"善"当做观察对象,我们会发现,它总是与人性的其他美德相伴相随,譬如勇敢、正直和节俭。因为对善的坚持,总是需要一些勇气和正直的;而因为善,我们对周遭的事物,譬如动物、植物,水或空气,自然会格外地珍惜和节俭。

如果说科学是对真的追求,艺术是对美的追求,那么生活便是对善的追求。真或美的追求,往往需要天赋和智慧,而对善的追求,却是从来没有门槛的。

善的第一要素是心地的仁慈和宽厚。善的心,并非没有锋芒,只是懂得适当适时地收敛自己的锋芒,而尽力展露心灵柔软的一面。善的心,总是足够包容。因为善既是人性的美德,更是一种对生活的态度,是我们在将自己的情绪、心理用语言和行为表达出来之前的最后一道理智的屏障。它教我们从理解和爱、从宽容和体谅出发,来与外在相处。它总能使我们的语言或行为从可能的狂风暴雨变成和风细雨。

善的第二要素是持之以恒的"修行"。美德需修,恰如对枝蔓荒芜的修剪打理。不枝不蔓,不荒不芜,善的坚定和坚固才成为可能。美德需"行"。"行"既是从善如流,是由善的吸引而努力向善,更是善的自觉培育和主动的光热的散发。

善的第三要素则是对善念善行的呵护。如果说前两者是对自我的觉照,善的第三要素则是对世间一切"善"的觉照。我们不光是要让自己成为有德行的人,还要尽心尽力地以对善念善行的关照来保全和生发可能的善意善举。

培育自身的善,将善的种子播撒在径路的两旁。相信我们收获的不惟是果实,还有果实的芬芳,以及轻嗅芬芳时的愉悦。最重要的,善的传递和播撒,更是汩汩而流的幸福的源头。德谟克利特所言极是,幸福的性质不在于财富,而在于灵魂的善行。

"快乐的猪"还是"痛苦的人"

法国存在主义哲学家加缪曾说过这样一句话，"追问人生的意义是一切问题中最紧迫的问题。"倘若我们愿意向混沌的人生寻些真义，便免不了要从"快乐的猪"做回"痛苦的人"。因为人的理性自知与自觉，除了向我们提供检索世间真相的工具，另有便是了解真相后的痛苦。且当我们向世俗世界遍寻人生之义而不得时，这种痛苦即更甚。

但这种"痛苦"又实在是一种了不起的痛苦。它逼我们举刀向躯体的毒瘤砍去，以撕裂心肺的阵痛换回人性的完善；它唤醒我们心灵的味蕾，使我们尝得苦味后快慰于哪怕些许的人生兴味。按照庄子的说法，万事万物有"迹"，有"所以迹"。不妨视人为"迹"，"痛苦"即"所以迹"，亦即人之为人的根源与因果，人之为人的精神与信念。

换一个角度。人的一生总要学许多看似相悖的课程,思考和放弃思考是其一,还有其他种种,比如抗争和放弃抗争,比如饥渴和饱足,比如爱和背叛,比如真理和谬误,又比如痛苦和快乐。回过头来想,我们完全可以因时因地地择其二而居之,而不必为是选择做"痛苦的人"还是"快乐的猪"烦恼。因为痛苦只是人性内里的一层,快乐是浅表的一层。它们的区别仅仅在于,痛苦让人自觉自在,让"人"逼近复杂而丰富的人性,快乐则让人忘乎所以,让"人"靠近简单而直接的动物性。

　　在追问人生的意义时,命运总是将人引向"思索"和"现实"的困顿之境,又以一句"这都是命运的安排"来使人求得最大的安慰和解脱。这便是命运的吊诡,这便是人生的永远的悖论。这多像男女间的相处,逼问得紧了,觉得厌烦;三五日不见,却又心慌!

人性

1

人性是流动不居的水。水可滋眷万物,所谓上善若水。水亦可毁岸决堤,涂炭生灵,如脱缰之兽。水自在洒脱,却又因时而动,顺势而行。水温良恭顺,却又轻狂不涓,暗蕴波涛。于人,水有向背、丰瘠、高下之分壤;于己,有蹇足拓疆、因循自往之区别。

但不可否认的是,每个灵魂都能自然自在地散发光芒,无论明亮还是暗沉、炽热还是冷寂,绝不妨碍我们用审美的眼光凝视它,就像凝视闪烁的星空。我以为星空的美妙,在于每颗星子都有自己的位置,每颗星子都能发出自己的光亮并相互衬托和辉映。故而对人性的褒贬不能囿于其"应然"或"已然"的状态,而应尝试去找寻它与万千事物交相辉映时那份呼之欲出的

"待生"旨趣，以及被万千事物所赋予、所激活、所诱发的价值和意义。

还需记住的是，人性的美好不是从来就有的，人性的美好也不必然如此。因为美好不是完美，我们拥有的永远是"抱残守缺"的美好。人性的花园需要我们努力地栽种培育，也需要我们勤谨地刈除杂草。当我们牵着孩子的手，向他展示花园的美丽时，千万不要忘记告诉他们花园里还有荆棘、芒刺。

人性之美在于它火焰一样真挚的活泼。投向黑暗，它是光明；依附罪恶，它是毁灭。

2

善是人性的一种。与美、真不无相关。前者更多的是人性的自发，后两者则是自觉的成分多一些。且善始终是人性最大的规定。若喻人性为花园，善一定是花园里最为人瞩目的植物，以善为人性命名或者为人性定义，大抵是我们最愿意看到的。因为真善美都有其对立，唯善的背面不只是否定，更是对道德的深刻洞察和鞭辟入里。

至于性善还是性恶，我以为只是一个论题的两种论证路径，而我们也无法由此先验地得出一个观念上的结论，就像上帝的存在无法由上帝来证明。我更愿意这么认为，人性既非神启天赋，亦非本能或进化，而是善与恶的强弱角力和永无终止地辩驳；人性从来不是一个已知或既成的终点，而我们选择的道路会否将我们带到想要去的终点，相信也没有谁能给出肯定的答案。

　　但至少我们可以说，人性是向善的。而"向善"其实就是一个选择与坚持的过程。譬如知其可为而为，知其可为而不为；或者，知其不可为而为，知其不可为而不为。选择与坚持，便使向善从自发进化到自觉。苏格拉底说："人的精神生活要以寻求'善的知识'为目的。"然"向善"永远是人生苦旅，永远是古卷青灯和无边寂寂。比起伪君子和真小人，选择善，实属不易。因为我们要用千百件事来证明自己的善，而只需一件事，我们便可以投向恶或被贴上"恶"的标签。所以，当我们扯起鲜亮的旗帜，却不得不在欲望之河起落沉浮、左冲右突，不得不在茫茫旅途中跌倒再爬起，爬起再跌倒时，至少有一半人会偃旗息鼓，怏怏散去。而剩下的，也总要在历尽艰险后才突然发现，原来选择后的坚持是美好的，当这种坚持基于一种美好的选择。尽管前路依然未知，坚持本身已然成为了一种善。

灵性

有这样一些字眼,譬如灵性,灵感,灵气,灵光,灵动,空灵,等等,大抵是用来描述一个人或一个人的文字的。灵性不是人的本质,也不是作品的品质,因为它不足以概括人或作品的全貌。若用比喻,灵性只是散落的一串珍珠中的一颗或几颗罢了。恰巧那一颗或几颗便撞入阅知者的眼帘了;又恰巧,这一颗或者几颗便是珠圆玉润、泛着灵光的那种。至于那一串,也许并不是能入眼的,或者远没有我们想象的那般美好。但当我们毫不吝啬地赞誉一个人有灵气或者文字空灵,说者一定是心有戚戚,听闻者也一定是满心欢喜。对于空灵的那种喜欢,当属邂逅或者偶遇旧人的感觉。新鲜和熟稔,一下子扑面而来。嗅着熟稔的,便极轻易地拨动了的心弦,若再有一些新鲜和陌生,就又添几分欣喜了。

2

因循守旧是不错的,因为几乎不需要思考和智慧,我们就可以把工作和生活安排妥当。但我们也由此感怀自己的生活缺少灵气和灵动。同样是水的流动,缺少灵性的流动是人工湖的湖水,美则美矣,却没有自身的动静和张弛;而灵性的流动则似潺潺溪流、涛涛河水,哪怕一朵浪花的掷跃,哪怕波光的一现,也是自在自由的。但生活却又并不因为多了些色彩或多了些曲折而灵动。灵动只是恰到好处的突兀和省略,不少不多的寂寞和欢喜。情、境不曾另设,也未曾再造,灵性的人生,只是善感、善思更兼善悟。或者只是用朝雾或者暮霭做了霓裳,让生活多了些摇曳的姿色罢了。

3

基督教里,"属灵"指的是一个人的思想、言语、行为都不违反上帝的心意,灵魂由上帝主宰和安放。而我以为的属灵却有不同,灵魂全凭自然主宰,灵魂又全在自然之中安放。所谓任性灵而直往,却尘累而无忧。但,属灵不是时时处处,更不是空无凭据。人生少不了沉重、沉沦和不可自拔;比这更甚的,是常态化的安稳,和安稳中显露出的乏味。想起张爱玲说过的那段话,"我发现弄文学的人向来是注重人生飞扬的一面,而忽视人生安稳的一面。其实,后者正是前者的底子。……人生安稳的一面却有着永恒的意味"。这句话能让我们得些宽慰。是的，飞扬只是人生的一面，且是暂短而极其微小的一面，宛如缎子的华丽闪光，或者丝绒料子的柔软触感。朴素、安稳才是人生恒久的意义，也才是灵性人生不会褪色的"底子"。

情感与技巧

　　成功的演讲,技巧是隐在情感之后的,当不露痕迹。如果我们看到的更多是技巧,这样的演讲一定是失败的。我曾亲耳听到一位评委对几位演讲选手的臧否。其中一位技巧用得太多,用得太重,以至于掩盖了情感的表达。另一位虽然演讲的技巧逊色些,甚至咬字上出现了不少瑕疵,但情感充沛而真实,实在是打动了他。所以我们说,技巧是有用之无用,情感是无用之有用。而且情感是需要放在首位的。

　　子曰:"巧言令色,鲜矣仁!"这一句似能作为上述观点的佐证。而李泽厚先生解其意为"外在的容色和语言都应该服从于内在的心灵的塑造。过分的外在雕琢和装饰不但无益,而且有害于这种塑造。"深以为然。爱一个人也一样,情感的表达和流露,总是需要借助一定的技巧,一定的语言或手段。否则无以为出路,无以为通达。

但技巧的使用当植根于真情实意,更当服务于真情实意。

　　至于世事,逢人一套的把戏是最令人不齿的。这厢还在对某人口诛笔伐,那厢巧遇此人,倏忽笑脸相迎,大献殷勤,让人不禁联想到川戏的变脸。对这种"演技派",实在是要敬而远之。尝见做生意的人油嘴滑舌,华而不实,大概也在此列。而良善之人,有可能笨嘴拙舌、辞不达意,有可能眼下亏了自己,但日久见人心,终了还是有所获的。

　　最后从"体用"的关系来看情感与技巧。毋庸置疑,情感为体,技巧为用,这一关系是不可改变的。若生生要调个个,恐怕就要出现买椟还珠的后果了。

关于人生

1

"人生"这个词总能给人很大跨度的思维空间。我们会从繁复的人生构图中抽象出黑或白两种色调、美或丑两类气质。关于命运、关于人性、关于生之安乐死之忧患，或者其它种种，总是常破常立的哲学命题；我们会感怀"五百年来事翻覆，惟有山水无古今"，然后借着几分书生意气，酬唱"君子之为学，以明道也，以救世也"。抽象的玄谈和士大夫的担当之外，人生又是具象的，具象到它把生老病死的每一寸骨骼和肌肤触目惊心地直陈在我们面前。那些"活生生""泼辣辣"的实在的生活，更让我们头复还是头，脚复还是脚。毕竟，哲学家的手也是有葱蒜味的。

所以我以为人生至少是三维的，精神的、

"理想的"和生活的。分别对应着美、真和善。

"生活的"人生是"本我的""物质的""感性的"。这个"本我"向善而生。善是恻隐之心,是生活世界的最高律令。对己如此,待人亦如此;处事如此,推物亦如此。它具备了美和真的质地,却不执念于美和真;它以美和真为工具,却并不以此为必然归宿。活泼和率真才是它的本性,才是"生活的"人生的最大兴味。精神的人生的意义,在于度己,在于对"我是如何"的事实认识和"我该如何"的价值追求,以及基于这一事实认识和价值追求之上的自我解构和精神重建。为的是在生活的泥淖里长出一支风姿绰约的荷,生于此岸又远离此岸。"理想的"人生,则为了度人。在个体价值之外建构一个"他我"世界或者社会价值属性的"求真"的世界,为的是把彼岸美和真的种子遍撒此岸。人生境界始有高下,只是追求精神的生活或者更以崇高的"理想的"生活为追求,知识分子由此分为两类,公共知识分子和其他。

2

活在自己的人生里,已然是一种幸运。哪怕微如尘埃或者草芥,却决不失为自我之主宰。这种"主宰"固然有限,譬如我们没有办法选择自己的出身、性别或者相貌,甚至有的时候我们没有办法选择自己职业、爱情和婚姻,却只在命运的布局中横冲直撞。但不可否认,我们能够选择的远比不能选择的要多。更为重要的是,在所有的"不可选择"之外,我们依然可以兴味盎然地把无数的偶然演绎成必然,把未可预料演绎成人生之美好。

人生之美好在于它所要展开的和赖以展开的、苦苦追问和以为慰藉的，是时间、爱和意义。它们都是永恒，又都是有限和短暂。

从某种意义上说，时间和爱是等质的，如果它们被注入的是人生的意义。换句话说，时间是人生的骨骼，爱是人生的血肉，意义或者说价值则是人生的灵魂。我们有时间，哪怕只是短暂。只要我们愿意，我们便能够在时光的苍穹点缀星辰一样耀眼的"爱"和"意义"。是的，虽然永恒注定不可达到，虽然"逝"才是人生的永恒，虽然我们总在咀嚼"逝"之悲怆之美，或者抱怨人生诸多的不可料定，我们依然可以是洪荒中的一隅，或者流年中的一段。只要我们愿意，我们的流年或者洪荒便可以成为一种实实在在的此在和当下。就像有人说，不管你是逐渐繁华，还是行将枯萎，此时此刻才是你的人生。

关于生活

  关于生活,最简单的解释是"为生存发展而进行各种活动"。成长的活动,学习的活动,爱的活动,婚姻的活动,生儿育女的活动,职业的活动,等等。这种说法的确让生活轻松有趣的一面得以更多地呈现。你只需记着你是在进行一场场活动。无论是主角、配角,观众或者导演。那些关于生活的艰辛和苦涩,以及种种的不如意,由此都变成为一种必须,为的是让生活跌宕起伏,引人入胜。当然,没有人可以置身于生活之外。我们都必须以某一种姿态出现,或者是沙粒,或者是石子,或者是泥浆,然后无可避免地被卷入生活的搅拌器,成为不断延伸的路,静止不动的墙,或者废弃一隅的砖块。这是生活的不可选择性。

  然而生活又是可选择的。每个人都处于一定的生活的深度,或者深不见底,或者一览无余。这并不一定意味着生命的个体因此而有太多的区别,因为思想的深刻与生活的深刻并不能划上等号。当然,这些都不是最重要的。重要的是,不管我们处于一种什么样的人生状态,都必须确定这是我们愿意选择的选择,或者至少这是我们自己做出的选择。就像爬山,我们有选择不同高度的自由,未必人人都要爬上顶峰,我们大可以选择从不同的高度和角度去看不同的人生风景。

对于生活,我向来持有"踟蹰中前行"的态度。因为生活的诸多不可确定,放弃与坚持中,难免会有犹豫左右。这是不可避免的。又因为历史与逻辑的统一,我们又注定被生活的洪流裹挟着向前,哪怕在自己看来这与逃离或者背弃无异。更多的时候,我们在这洪流中不屈地挣扎,苦中作乐,真挚地去寻找自己的方向、实现自己的价值。活得糊涂的,无非是不知道"需要"和"想要"的不同;活得聪明的,无非是知道"应然"和"实然"的距离;活得真挚的,却更要尝些苦痛和艰涩。而我宁愿选择活得真挚。因为后者在"已然"如此、"不得不"如此时,依然不放弃对生活的热望。

生活,就像你深爱着的一个姑娘,你会因为她的视若不见或者不爱,便不去热爱吗?

人生如旅

1

人的一生会有多少不如意之事，恐怕谁也说不上。但有一点是肯定的，人生如旅，难免磕磕碰碰、跌跌撞撞。我们追求快慰人生，但多少也懂得不如意是人生的一部分。只是面对不如意之事，有些人洒脱豁达，有些人如鲠在喉；有些人举重若轻，有些人举轻若重；有些人相信柳暗花明，有些人则作茧自缚。

人生如旅，便总要有这样一份洒脱。旅途中我们能遇见什么人，经历什么事，看见什么风景，有些是可以掌控的，有些则是无法预料。对于可以掌控的，努力做到"谋事在人"，对于无法预料的，则不妨哂笑"成事在天"。正如一段心理学上的阐述，"在面对现实事件时，人应该屁股坐在理性上，左手握住些感性，右手握住些悟性"。

人生如旅。我们总是怀着对美的向往出发，却不期然地遇见感伤，困顿，暂且的相聚，或者恒久的分离。但有了这样一份悟性和洒脱，便不难了解，人生的迷人之处，恰恰在于它的不可预知、不可确定；恰恰在于它让我们领略到不同个体在遭遇旅途中的种种时灵魂所呈现出的不同状态；恰恰在于，即便我们没有办法决定旅途的远近、生命的长短，却可以努力地把脚下的每一步走好。

2

云门舞集创办人林怀民先生鼓励和资助青年人贫穷旅行，他说，"一次次的出走，孤独的背包旅行，让我看到许多山川和脸孔，见识到不同的文化，以及不同文化背后共通的人性。旅行为我打开一扇扇门……"年轻人耽于安逸，不思改变，总是可怕的事情。就像爱情需要一些新鲜、神秘的元素，新鲜和神秘不是爱情的全部价值，但却让爱情有了生气。人生也一样，我们追求善真和美这些恒常的价值，但差异化的生活体态，却让生命变得灵动丰盈。

人们常说风景在别处，大抵是因为我们习惯了用惯常的思维看待当下的生活，以至于无法发现它的美。旅行的直观的意义，是让我们暂且跳出"当下"，换一种思维和视角去打量我们的"常在"，并用新鲜的经验激活为惯常生活所固化的思想。旅行的更深层次的意义，则是提醒我们在既有的生活中应保持一种"旅行"的心态，主动地去寻找和发现生活的美。这样,我们的每一次出门,便不再是"见一些不想见的人,说一些不想说的话,做一些不想做的事,"而会变得像旅行一样积极而有趣味。

就年轻人而言,旅行更是对自我的一种挑战和考验。面对陌生的环境,不同的文化,我们是时时处处戴着外乡人的面具,还是摘下面具,以收放自如的心态去接纳和融入?"年轻人追逐梦的勇气,落实梦想的毅力,是社会进步重要的本钱"——林先生的这句话,给这个问题作了最好的解答。

3

小孩子喜欢旅行,为的是从枯燥的学业中解脱出来,再加上堂而皇之的吃喝游娱购。与在家不一样,为了旅途的愉快,大人又多半不会计较孩子的散漫和浪费。年长者出门,多是后辈感慰父母常年操劳而做的贴心安排:亲近山水,怡情养性;浮光掠影,以助谈资。年轻人不一样。对于他们,旅行,应该成为生命的一部分。

一个人的文化底子,是在生养他的环境里浸淫而成,所谓耳濡目染,因而自发的成分多一些,自觉的成分少一些。完全意义的文化自觉,则需要在亲身的游历和见闻中,通过文化的比较、碰撞和砥砺来一点点唤醒。正如陈寅恪先生游学海外十三载,接受了严格的西学训练,却在比较中愈发坚定对中国文化的热爱和信仰。

对年轻人来讲,一个人的旅行,就当是一种游学,一种建立与这个世界和社会联系的特殊方式。不只为揽奇略胜、怡养情性、磨练意志，更为在孤寂的旅程中完成文化的自觉；为消弭文化的偏见和隔阂；为清醒文化的盲目追崇；或者，仅仅为了完成文化的回归，就像陈寅恪先生那样。而当我们身边的年轻人都有这样一种文化的自觉，国家幸甚，民族幸甚。

4

人们大多愿过安逸的生活，希望一切都在自己的掌控之中，常见的面孔，惯常的出行路线，熟稔的风景，默契的处事方式，或者哪怕出现一点反常，也能凭借一己之力将事态拉回原有的轨道。这一切让我们觉得妥帖，稳当，没什么焦虑情绪，也不需要为极少出现的意外花太多心思。只消等着生活——呈现在我们面前——是的，"遥控器"掌握在我们手里，只需稍稍动手，想看的剧目便会自动呈现在我们眼前。接下来要做的，就是把我们的情绪，我们的喜怒哀惧调整到相应状态，随着剧情哭出泪或者笑出声。

但，这并不是你想要的生活。

你想要的生活总连着无数条道路，你可以选择其中的任意一条出发。每一条路都代表一种未知，一种可能，一种挑战，一次成功或者失败。也许，这其中的很多条路根本是走不通的，你依然不沮丧。是的，沮丧什么呢，生命总有无限可能，只要你肯去尝试；也许，这其中的很多条路根本就是陷阱。但，怕什么呢，生命总会找到它自己的出路，只要你不停下你的脚步。

你想要的生活总是在远方。远方，便是生命的图腾，便是生命的奇迹。因为你相信，无数个黑夜的相加并不会变成永远的黑夜，无数个失败的相加也并不会变成永远的失败。你不畏惧地上路，只消带一样武器，热爱。你不屑于做一个冷静的旁观者，你急切地投入生活，用你的热爱，去执着，去流泪;用你的热爱，去感动生命，也感动自己。

5

我们通过各种方式认识世界，旅行只是诸多方式中的一种，但我们却喜欢说人生如旅，那是因为我们的人生总是如旅途般短暂与匆匆，又如旅途般新鲜与奇妙。那些将遇的景致或者风情，虽被描述过记录过，虽在你心里那条平静流淌的溪流里激起这样或那样的惊奇，却只是听闻。只当你亲历，由那些意料或意外的体验丰富了你的心灵而不仅是经历，它才成为那条平静流淌的溪流的一部分。这便像我们的人生吧，它被无数次描绘过设想过，但只当我们踏入属于自己的"人生"，它才鲜活起来，我们才成为人生的一部分，或者人生才成为我们的一部分。

每个人的人生都与众不同。哪怕走的是一样的道路，看到的也会是不一样的风景;哪怕看到的是一样的风景，心底生出的也必然是不同的情愫。我们拥有的总是自己即时的人生。每个人的人生又何其相似。我们向着目的出发，将歇，逗留，一两次歧途，甚至无数次陷入困顿;我们抱怨、痛苦，愤懑这世界的不公……总有人郁郁而终，又总有人能跳出这相似或者不同，因为他知道，没有谁的人生会是完美的，拥有一段完整的旅途足以让我们庆幸。

6

人生如旅，是因为我们的人生像旅途一样会遇见无数陌生的人。我们期待陌生人的善意，但是，对于陌生或者未知，我们是无从把握的。它们像孩子，长得可爱或不那么可爱，可爱的会让你禁不住要去抚爱或者逗弄，但这个孩子有可能像刺猬般躲避你的亲近，甚至作出攻击。所以我们能把握和应当把握的，是让自己成为一个有善意的陌生人，用微笑、点头来传递温情，并积极回应他人的善意。

我喜欢流动的生命，也喜欢偶尔的闲适。就像俞敏洪把人生比喻成溪流，也许人生的意义不在于它是溪流山涧还是江河湖海，不在于它是否拥有终点或者能否抵达终点，而在于它不停歇的奔流向前，以流动来完成对生命的记录或祭典。那么闲适呢，闲适是人生的另一种状态。它是清逸的一枝，暂且跳将出那派热闹和忙碌；又如停下摇橹的舟楫，且行且慢，且慢且行，迂入自我又无我的境地……

我们总会从旅途中得到些什么，有时幸福尾随痛苦而来，有时痛苦先于幸福而至；有时快乐包裹着忧伤，有时忧伤裹挟着快乐。当然，这不是我们要讨论的，我们要讨论的是对有与无、好与坏、多与少、是与非的判断。一是有没有得到，二是得到了什么，三是得到了多少，四是怎么得到。这一二三四的排列组合，便将人生引入不同的境界。执念于有无和多少，难免急功近利，甚至愤世嫉俗。对好坏是非的明辨，却多半将人生引向光明的一面。

7

我们总把人生当做旅行，是说它的新鲜、陌生和匆匆。那么，喜欢旅行，便可以把旅行当做人生来体验。美景和美食，以及由此带来的一切感官享受固然重要，固然让人流连，但却不是旅行的全部意义。甚至有时旅途的劳顿以及作息的改变会让人无法适从。因为人往往有惰性，也往往惧怕变化和因变化带来的对生活不可掌控的恐惧。因此大多数时候我们愿意选择在程式化的生活中往复。但可怕的是，身边的人和事在这往复中变成惯常，人则变得安逸慵懒，同时会忘了对人生无常的警觉，而对未知的期待会由此减弱，对美好的感知亦会变得更为迟钝。

人生总要像旅行一样奇妙和充满未知才好。见许多陌生的风景，许多陌生的人和事。我喜欢旅行，是因为我喜欢有变化的人生。旅行便是为生活"不变的刻板"刻意制造一些"变化之美"。又让我们跳离惯常的思维，从另一些角度去看待我们因熟稔而不再新鲜的生活。那么多小小的喜悦、小小的感动、小小的意外散落在我们的旅途中，等着你一一把它们捡拾起来，缀连成令人叹奇的记忆。

而很多时候，虽然我们是为着生活的美好而活着、而不懈地去努力，而生活未必一定回报我们以美好，但是，如果我们愿意抱着积极体验的"旅行"的态度而不是被动承受的态度，总会让心空灵和轻快许多。就像我们知道旅行奇妙却未必美好且又受累，却愿意去更多地记取它的美好而不是辛苦，更多地记住它的偶然之喜而不是必然之忧。

　　因此，旅行的意义在于我们可以让拘泥一隅的心灵之树探出纤纤一枝，去嗅触新鲜而陌生的时空，又在时空的变换中更加强烈感觉人生的匆匆和无常。而日常生活，这种感觉总不是那么明显，这些新鲜元素总是不多见或者只是渐次零星地出现。又在于我们可以在短短几天或者十几天的旅程中体验人生的完整。从一个站点出发，逗留，再次出发，然后回到起点。更在于让我们对未知和未曾经历的保有一颗好奇之心，或者总有一双新鲜的眼睛去捕捉生活的美好和诗意，在惯常的日用生活中找到一些疏放的空间，活出更多的滋味。

心灵的四季

　　《心灵的四季》是刘墉写的一本书。在"自序"中，刘墉引了恽寿平的一句话，"春山如笑，夏山如怒，秋山如妆，冬山如睡"。他说，"我们的心灵，甚至我们的生命何尝不是如此？如同天真笑靥的娃娃，如同勇猛精进的青年，如同丰富华丽的中年，如同悠然恬淡的老人。"这句话是我所喜欢的，包括刘墉先生的譬喻。

　　这世上的冷暖炎凉、甜酸苦辣，必有它存在的真意。一者为了让我们珍惜当下的幸福，二者为了让我们对未来留有期许。这第三，却是说人生在世，必定是要有些经历的。所谓色、形、味，再加一个欲，活脱真实的生活的面目也就勾勒出来。当然不是为了经历而经历，只是说当我们遭遇了人生的喜悲与无常，总能多些淡定和超脱。

　　多少人活到老仍不明白活着是为了什么。

其实活着无非是二层意思，为了活着而活着，为了意义而活着。前一个只是基础，这个基础当然不可少。后一个便为人生添了色、形、味和欲。但又不止于此。因为这个意义还有为人、为己的区别。大多数人，能自助，能洞察和安享心灵的四季，已然是一种造化。若能助人，能将心灵四季的芳香弥散开来，则是一种更为高尚的境界。

再回到"心灵的四季"。这实在是一个美妙的譬喻。美在它摹写了心灵丰饶多情的形象；妙在它赋予心灵以动静、以黑白、以冷暖、以厚薄。最重要的，是它引出了我们对人生万千的怜惜、回味和期冀。譬如我们把"死"说成"往生"，一字之变，一字之添，悲愁中便多了几分遐思。

美、完美及其他

美是人人向往的,却又往往背向而驰。我们不愿意生活留一点点缺憾,愿意投入更多的努力,更多的爱,更多的热望,去让生命变得更美。而生命,我们所迷恋的生命,却似乎更愿意回报以不定的阴晴和无常的圆缺,更愿意在各种不可预期的境遇下演绎它的不可确定和不可描摹。于是心中便总有那不快和不平。究其因,是我们把愿景中的完美当成了生命的美去追求,却不知道把美和完美划上等号,实在是一种愚蠢的聪明。

若论美,或者生命之美,只在于它的真实和自然。这未必是一个真谛,却是美的较为合乎情理的评价标准之一。如果要为这个标准再加上些什么,那就是这份真实和自然中,必定是充盈着爱的。还记得林清玄某篇散文中的一句:"在这个世界上没有丑的树,也没有丑的花。"从某个层面来说，匠心之作和幼童涂鸦，是无所谓谁更美的。

　　完美只是我们追求生命之美的过程中的助力罢了。把完美当成人生唯一的目的，不承认美是包含缺憾的，果是如此，生活便会少了许多趣味。须知道幸福，苦难，同情，泪水，都是生命中的必需。如果只有幸福和快乐，不唯是不美，便连真实也失去了。

　　我们总说真善美，因为真善是去往美的途径，并和美一起构成为人生的追求。抛弃了真善的美，无法称其为美。而如果循着真善的径路，哪怕多些曲折和艰难，总会创造出一个美的境界。

文字之美

汉语是最美的语言,汉字是最美的文字。哪一个中国人不这样认为呢,只要你不是受着语言和文字的压迫——譬如因文字而卷入政治风波的文人;又譬如因贪耍而被罚抄课文和生字的孩子——你总能从中国的文字中尝到浅浅的乡愁,触摸到一些激湍的时光。即便是前者,也总会在心中有一份坚持,他相信文字的美好是不可以被亵渎的,哪怕以身相恤。因为政治可以撕裂、朝代可以改换,唯文字之脉、之根、之弦,不可以轻易割断;而孩子,当他走过了岁月的洪荒,终归会发现文字的美,因了母亲反复又再三的叮咛,因了情话中款款的一段。他又终归会发现,即便是最厌倦读书的人,即便是最不爱写字的人,即便是最不擅作文的人,也总有那么一两句、三两字,因了与他人生经历中某一片段的酬唱,而被珍藏在心里。

对于喜欢文字的人，文字便是他（她）的爱人。他们是互相的表达和倾诉。她临了他的字帖送他，他说着她的情话在她的耳边。他们的灵犀如那野草丛中的花，不经意地散漫着几朵，却又少不得引来一阵惊喜。如袁中郎所言，"独抒性灵，不拘格套，非从自己胸臆流出，不肯下笔"。他（她）总是你的不可捉摸的空灵，又总是你的任由摆布的裙裾。当然，又还有些时候，这个爱人也变得语言无味、面目可憎。也许是你爱她（他）太切，变成了熟稔的陌生。也许是束缚得太紧，反成了负累。所以，你和你文字，必定又要和爱人一样，保持着疏放的神秘和新鲜的距离。他离开了她，或者她离开了他，或者相互的分离。偶尔的分离又何如，倒可以计算出彼此的珍重和思念的切切；倒强过彼此的面对却未曾知觉。

王阳明说，"你未看此花时，此花与汝心同归于寂，你来看此花时，则此花颜色一时明白起来，便知此花不在你的心外。"文字的美，概莫如此。花本无心，花亦无情，你对它的眷顾和流连，却使你对它有了感情和关切，于是它的美便经由你来着色，它的浓淡香嗅它的一枝一蔓，也任凭了你去生发。我们握在手中的笔、落在纸上的字，从口中袒露的言语，原只是舟楫，泛舟波上的人，才是真正的黑白与美丑。

又回到其友对王阳明的诘问，"天下无心外之物，如此花树，在此山中自开自落，于我心亦何相干？"阳明先生把主体的实践施加于客体，以己心度物，赋物以思以情，才将心外之物变为心上之物。友人的发问却未尝不是一种难得的清醒。对于为文字者，亦当如他，落笔时多问几声"于我心亦何相干"，切切不可怠慢。

精神的贵族

　　当吃穿住行等生存的基本条件得到满足后,我们并不会就此止步。我们还会不断追求职位的升迁、财富的积累、物质的完善。因为我们相信,精神世界是永远建立在物质世界之上的,物欲的满足所带来的愉悦是精神生活的重要组成部分。如果再问这种愉悦感的由来,我们大概可以肯定地说, 它来自于外在世界对个体自我能力、自我价值的确证。也就是说,这种愉悦是经由外在尺度对主体的衡量而产生的。这里便会有一种局限性。这种局限性也可以称为依赖性——主体对外在世界的依赖。就像哈佛大学的 Tal 在讲"幸福课"时所谈到的依赖性自尊和无条件自尊的区别,真正的自尊来自于个体本身对自我能力与价值的正确评判, 而非来自他人的表扬和认同。真正的精神的愉悦自然也应当是无条件的。它是必然王国向自由王国的行进。

　　当然,精神生活的愉悦离不开一定的物质基础,就像大脑的正常运转需要充足的氧气、一定的养分。但它又超脱于这一基础。什么是精神生活——它是一种反观自照和向内的寻找,是用眼睛直视灵魂,是灵魂世界的自我构建,是内在的尺度对自我的衡量和确证。它以为存在和发展的不是别的什么,而是它自身的力量。灵魂是精神生活的栖息地,精神生活永远为着高贵的灵魂的存在而存在。物质的愉悦以物质的递增为条件,它的代价是将人的感官、人的心灵与肉体戴上重重枷锁,在我们看来是光环的东西却有可能是一重重枷锁,甚至越往后这个枷锁越重。而我们经由物质的递增获得的愉悦感却事与愿违地呈现递减趋势。我们的"获得"往往以"失去"为代价,比如有了房子没了家,有了朋友没了友谊。所以,一个人的生活的质量依然首先取决于他的精神生活的质量。

　　然而,做一个精神的贵族远比做一个物质的贵族艰难——后者是不断索取,前者是勇于放弃。后者是欲望的栽种,前者是欲望的铲除。后者是甘于清贫,前者是不甘清贫。为其艰难,才又显出它的可贵。诚然,我们不拒绝物质的繁荣与生活的舒适,但我们更追求精神的富足与灵魂的安宁。虽然通往人生的幸福的道路多有艰难和曲折,但我们却不因物质的诱惑而出卖"麦田的守望者",也不以精神的高贵和灵魂的自由来换取一条捷径,因为我们深深地懂得,一旦失去精神的高贵和灵魂的自由,人类就彻底失去了做人的尊严并彻底失去了自己。我们可以为了一座素朴的精神家园而舍弃十座庄园或者别墅，但我们绝不可以因为十座庄园或别墅舍弃一座精神家园。因为前者的价值是永远无法用金钱加以衡量的。

只是我们还要进一步问，精神的贵族便注定物质的清贫、或者物质的富足便注定精神的清贫吗。答案显而易见是否定的。物质与精神是人类文明产下的孪生姊妹，她们是彼此的依赖。或者，它们既是对立又相统一。易经有言，形而上者谓之道，形而下者谓之器。道器不离、器道相成，才能有所变通和发展。而唯有物质与精神的和谐，才能使人既有其灵魂，又不丧失灵魂的庇护；既有俗世的生存与变通，又有道德的坚守与拷问；既有物质的追求，又不因物质的追求而失去人的质朴，失去做人的底气与方向。温总理的"仰望星空"再加上一个脚踏实地，民族才能长存，人类才能进步。

自己的路

最近看一篇文章,《许倬云笔下的胡适和傅斯年》,文末的一段话引起我格外注意,"尽管胡适、傅斯年对他影响巨大,但拜通识教育所赐,许倬云还是走出了自己的路,'我一辈子感激的是不同风格、途径的老师,每个人都给我一些东西,每个人都给一个楷模让我去仰慕,我也没有走任何老师的路,我走我自己的路,但每个人对我都有相当大的影响。'"我以为这一段话,说的是先生为人处世的态度。

现在的年轻人喜欢说一句话,"羡慕嫉妒恨"。当然,这里头不排除戏谑的成分。我们总有羡慕别人的地方,比如别人钱赚得更多,地位高得多,学问多得多。心存羡慕是正常的,人和人总有个比较,一比较,就有差距,有好坏,有先后。不正常的是我们执念于羡慕,执念于"不如",不肯为自己的人生做些调整,甚至还多出许多愤懑。如果把愤懑的功夫用来钻研,用来取经,学问可以增长,钱也可以多赚。所以,首要的是要有一个好的心态。

然后呢,是跟在别人后面亦步亦趋,还是尽快的转到自己的路上来。我想,后者才是可取之道。别人或者别人的东西,总像路旁的风景。欣赏、借鉴、学习,都是应有的态度,但有一条,我们无法也不能复制别人的风景。人自然要经由学习而成长,但这个成长的过程,不是丧失自我或者迷失在别人的风景里,而是发现自我,发现我们作为生命个体的与众不同,并在人类趋于"求同"的不自觉中,自觉地"容异"、"存疑",保有自我,坚持自我。

先生还有他的高明处。他认为"不同风格、途径的老师……对我都有相当大的影响。"先生早年在美国读书时,便懂得在"读书之外,随时张开眼睛看看人家生活方式背后的精神"。这是一种难得的人生智慧。世间的路有千条万条,而作为个体的生命,只能择其一条。若要这条路走得不寂寞,走得精彩,少不了向不同风格、途径的"老师"学习。也就是说,先生没有让"自我"固化成"唯我"。一方面,他把这样那样的风景纳入自己的视界,用一种感激的心态去欣赏聆听,去揣摩思考。一方面,他鼓励"自觉性"的生发,把人生当成一种体验,不唯是追寻结果,更是追寻问题;不唯是完成生命,更是开始生命。

最后,我想说,生命的美,正在于它的不可复制。走自己的路,哪怕它敝旧不堪,依旧是人生最幸福的事。

面朝大海，春暖花开

　　写下这个题目，起初并不是因为海子的诗。曾看过一篇文章，其中有一句话印象非常深刻。"一个人所站立的位置并不是最重要的，重要的是他所面朝的方向。"于是突然想到这八个字——面朝大海，春暖花开。也许这八个字，恰是对前面那句话的回应；也许，它就是幸福的真谛。

　　世上有很多人愿向苦难妥协，却不肯向幸福妥协。向苦难妥协容易，向幸福妥协却不是一件容易的事情。因为我们总把视线放得太高，低处触手可得的幸福，总不在我们眼里。我们又总把目光看得太远，身边近处的幸福，总为我们忽视。所以"春暖花开"，似乎总是别人的，而"行有不得，反求诸己"的可贵，却很少为人知道。

　　佛说人生有八苦，生、老、病、死、行、爱别离、求不得、怨憎会。且不问这八苦缘何而来，只消看这所有的苦不会因为你位高权重而消失，不会因为你家财万贯而磨灭，你便会明了，一个人的幸福，确实与他所处的位置，即外在环境无太大干系；而更多地取决于我们的心态，取决于我们的心态所营造的心境。也就是说，尽管我们目前所处的境地远非理想，更不是人所艳羡，但我们依然选择豁达洒脱，选择苦中作乐，甚而有所作为，有所成就。那么，迎接我们的便将是"春暖花开"。而如果你把它当做形势所迫，当做身不由己，当做劳役苦作，则多半会活得苦累不堪。

人生有如爬山，我们每一个人都想爬到山顶，却不是每一个人都能做到。总会有人阻滞山腰，总会有人落在山底。况且，山顶有山顶的风光，山腰有山腰的趣味，山底有山底的景致。若能明白这一点，幸福，也不会太遥远。

海子把喂马、劈柴、关心粮食蔬菜当做幸福。这是诗人的睿智。海子把面朝大海春暖花开的房子喻为自己的心境。这是诗人的洒脱。喜欢这首诗，因为它善良，温暖，美好，像温柔的低语。尽管写完这首诗后的两个月，海子便卧轨自杀。但是，你无法责怪诗人。诗是精灵，诗人笔头心间的精灵，而在诗人独享的精神世界里，诗人本身就是精灵。这样一个精灵，又怎能容忍一丝一毫现实的猥亵。因为明天美好，温暖，善良，诗人终于抛却了今天。

而我们，却总是要先活在今天的。所以，从今天起，面朝大海，做一个幸福的人。

心声

　　人们常说言为心声。心声的意思，是人内心的想法。有人会说漂亮话。从说者而言，这似乎是人人羡慕的本领。从听着言，也是颇为受用的。但通过言语表达出来的，未必皆为心声，或者根本是心声的反唱。

　　有这样几种情况。一是心声与言语一致，这个"一致"，一层意思是说心灵与言语同样丰富，另一层意思是说率直。二是词不达意。主要是指心灵良善而拙于表达。三是言语伪善，最后一个让人不齿。这种人心里想的、嘴里说的、实际做的，往往是三套马车，各自为战。常言道，我不看你说什么，只看你做什么，确是有道理的。

　　我以为心声无论善恶，是本分本能的表达。而言语既含先天成分，又有后天习得，更兼现时环境的左右。作为吐露心声的通道，它或蜿蜒透迤，或通透直白；或重峦叠嶂，或一览无余，所引发出的千姿百态的呈现,也就不足为怪了。善识人者,总能撇开言语直抵心声,或者从言语的繁芜枝蔓中缕析出心灵的真正面目,又或者以只言片语意会出丰盈的心灵世界。

听话听音。总要记得,音,不是言语的玑珠,而是心灵的声音。

你是自己

1

人性大多是复杂的，复杂到究其一生也无法全部认识自己或者认识全部的自己。仿佛心里住着各不相干的许多人，这个爱清净，那个爱热闹，这个依恋尘世，那个遁入空门。由外而内，我们谈论某一个人，因为接触时间长短和方式的不同，也总有各自的认识和描绘。由内而外，又有个表里如一，人前人后的问题。

我们要听哪一个声音呢？沉静或者活泼，万籁俱寂或者铜锣钹鼓轮番登场？或者，我们要做怎样的自己呢？我们往往用一生去追寻这些问题的答案。事实上，并非每一个问题都有答案。我们说智者之所以为智者，并非他比别人知道更多，也并非他比别人解出更多答案，而在于他善于换一个角度去思考问题。

所以,我们不妨将"复杂"定义为"多样性",定义为"不同"。当内心起纷争时,容许心里住着三五个自己,容许这三五个自己发出不同的声音,就像生活中通常也有三五个不同性格的人成为我们的朋友;当人(物)我起纷争时,容许别人与我们有不一样的观点和做法,容许生命以不同的方式绽放、枯萎和凋零,你会发现,其实"和而不同"也是一种美。

2

我对了吗?我这样做是对的吗?通常在问这些问题的时候,我们的心理定势是向外寻求答案。我们既不擅长倾听自己的声音,也不懂得坚持自己。我们活在他人的期望里,外界的肯定是我们获得心理慰藉最主要的途径。就像那些俄罗斯套娃,按照外在的要求,一层层复制,一层层缩小,最后成为最里边那个最小的"自己"。问题是,那还是我们"自己"吗?

当"社会的标准"被无以复加地夸大抬高,当我们对自我的期望和塑造毫无例外地被"社会的标准"浇铸成一堆钢筋水泥,我们还能找到自己吗?我们的路越走越"光明",选择却越来越少,我们的快乐越来越多,快乐的延时性却越来越短。我们抛下人的自然性,抛下人的多样性,与熙攘的争先恐后的人群一齐涌向"安全可靠"的终点,问题是,在这条路上,我们获得更多的快乐和幸福了吗?而那所谓的安全可靠的终点,又有多少值得称颂和铭记的。

学会倾听自己,在万千世界的嘈杂声中倾听心灵之花的悄然绽放;学会坚持自己,坚持人性中诸如善良、同情、勇敢、正直等等内在的品质。要知道,人的高贵之处正在于他(她)的心灵的美好,而一颗美好的心灵,永远是认识世界和通往自由的唯一路径。

3

每一个人都应当学会爱自己。

这个世界上有多少人懂得爱自己呢? 我们沮丧,阴郁,不安,疲惫,我们用失望、无望、挫折一遍遍地折磨自己;我们用粗制滥造的欲望填塞我们的心灵,用华而不实的名利喂食我们的灵魂;我们的眼睛不再用来寻找永恒,我们的怀抱不再用来拥抱,我们的语言不再用来抚慰,我们的耳朵不再用来倾听;我们把爱和时间撕成一条一条,挂在生命之树上讪讪地招摇……

懂得爱自己的人,对生活总有一种浪漫主义的情怀。他(她)乐观,积极,满腔热情;他(她)有高雅的情趣和对实用主义的天然抵触;他(她)把完美的人格作为最大的追求,而他(她)对完美人格的塑造和追求,又总能打动和影响身边的人;他(她)像植物一样努力汲取养料和水分,只为让自己长成生命的丰盈和美好,然后毫不吝啬地付出自己的爱;他(她)珍视自己的品格和名誉就像珍视自己的生命;他(她)不断向人性的深处掘进,只为爱和良知像泉水一样汩汩而流;他(她)追求人生的诗意和诗意的人生;他(她)享受心灵世界的纤毫不染。

在爱他人之前,每一个人都应当先学会爱自己。

每一个人，都是生活的哲学家

"未经审查的生活不值一过"（the unexamined life isnot worth living——Socrates）。我以为这种审查，是对生活的哲学思考和认真态度。当然这种认真态度和哲学思考，更多的是对人生意义的深究以及人性潜能的显影，而非一事一物的锱铢必较。

哲学家苏格拉底钟情人性纠葛的深层剖析、人类命运的宏大叙事甚至宇宙洪荒的经由始末。而一般人极少能跳出个体的人生经验去获取更为广阔深邃的哲学视野，因此也就无法成为真正意义的哲学家。但我们依然坚信我们拥有的且暂的人生经验是难得的，因为我们每一个人，无论生命的长短，经历的多少，情感的瘠富，对于其自身而言，人生都是完整的。换句话说，我们无法看到全部的世界，但我们所看到的世界一定是我们的全部。这个"全部"所带来的意义不仅是我们"生而为人"的意义,更是我们作为万物的尺度的意义。它为我们成为生活的哲学家提供可能。

更重要的,我们对自我生活的哲学思考,说到底就是对生活的自我主宰和积极改变。尽管这种思考对他人而言作用有限,却教我们及时修正自己的人生,去为自己的人生负责,去挖掘人生意义的种种。就像主动拿了一束火把去照亮自己人性中的黑暗,使人生变得积极明朗;同时也将人生道路中的阻碍羁绊看得真切明了些。故而它的价值超越了哲学家为我们提供的抽象的普遍经验。

这种思考和审查的目的,并非高远到要使人人都成为毫无瑕疵、止于至善的圣人完人,就近的说,它只是对当下生活状态的一种认识以及基于这种认识之上的改变或改善。而这种改变或改善,足以使我们自己及与我们密切相关的人生活得更美好。

看法

　　识人待人，处事接物，第一步是"看法"。"看法"重要，是因为它决定了我们的"做法。"并且，它一面朝向"做法"，我们人生的成功，离不开成功的"做法"；一面又回过头来实实在在影响我们的"想法"，一个人心理愉悦与否，多半取决于他的"想法"。

　　"看法"源自"想法"。"想法"是人们的心理活动，这些心理活动是经过半加工的零散部件。一部分潜而不露，一部分直陈胸臆。直陈胸臆的那一部分即"看法"，即评价判断。它通过我们的表情语言表露出来。"看法"忌守成。因为出身、品性、经历的不同，造就风格迥异的人。人又在时时"拾掇"自己，外在的修饰或内在的修养。境遇的改变，也增添了许多变数。所以，昨日之我与今日之我，今日之我与明日之我，总有变化。先前的印象，是不能代替今日的"看法"的。今日的"看法"也不能替代他日的判断。识人待人，总要徇顺现实之况。自然之物与社会之物的变化不居，事理情感的潜滋暗长或时销日减，更不待言。我们握在手里的尺度，可以量一人一事，却不可处万事万物。

其次，忌主观。对个体直觉经验的过分倚重，常使我们的"看法"失真、失常。从主观出发，往往难以到达客观。因为我们内心世界的模式架构或者说评价体系，是根据我们自己的人生经验建构起来的，我们有良好的自我适应，却未必能将它适用于外事外物。我们常说要做换位思考，即从自己的客观出发抵达他人的主观，再从他人的主观回到自己的客观，说的就是这个道理。

最后，少"急躁"，多宽让。宽让是好的品性，甚至是一种人生智慧。它教我们"从德性的高处俯视人间的小打小闹"、俯视人性和生活的百态千姿，教我们从确定性中探寻不确定性或者说可能性。教我们多几个角度，多几种思考，多几分体谅。宽让既需待人，又当体己。有所为、有所不为，说的不是能力的大小，而是智慧的多寡。

文末借用木心先生的话，知人之明，极妙；自知之明，妙极。

热爱

把生活当做你的对象。这里的"对象"不是客体意义上的观察对象、调查对象,而是恋爱中的对象。

把对生活的热爱,譬喻为对一个姑娘的恋爱,算不算一个新鲜的主意。对这个姑娘你是爱得紧,却不知如何去爱;更让你慌促的是,这个姑娘是否爱你呢。后一点,你不管不依。果真在乎她是否爱你,果真在乎她有一天对你的抛弃,索性不要开始恋爱。

前一点,如何去爱,是你要思考的。

譬如,爱的代价。你是愿意为这场恋爱付出努力的,也愿意尝些失魂落魄的痛楚。你做好了被她拒绝的准备,也下定了不撞南墙不回头的决心。她的娉婷,是你的魂绕梦牵,她的老迈,也不曾让你有半点沮丧。而有一天她真的弃你而去,你还能笑着说,我曾多么地爱她。

譬如，爱的方式。用你的热情去吸引她，去感染她；为她歌唱，为她吟诗，向她欢笑；采最美的山花给她，带她去看最美的风景，为她写最美的情书；或者朴素地，挽着她的手，静谧，安然。

譬如，爱的态度。你的爱不是谄媚。你的恋爱是给一个对等的对象，而不是乞求或者怜悯。你要将她塑造成你所欢喜的样子，也满心欢喜地愿意为她将自己变得更好。

譬如，爱的形象。你清新明朗，无论是语言形象，还是精神灵魂。

……

我们和我们的生活的恋爱，每天都在开始。

情理

　　凡事皆有情理。为人处事,也绕不开情理二字。理是骨骼,骨骼需直正,情是血肉,血肉需饱满。而情与理孰多孰少,既是具体情境的需要,也是每个人个性及做事分寸使然。中国人讲万事圆融,情理的拿捏,自然是顶顶重要的。我们对一个人的评价,也因之常有"通情达理"这一说。

　　文字中亦有情理。我喜欢散文,或者较散文更散些的随笔。这份喜欢既是相较而言又是独立而言。我也喜欢诗歌——斑斓绮丽的意象表达、明晦分立的情绪情感。诗歌是人生的特殊,它的体验无偶有独,恣意为之;所透露的情理往往是集束式的。较诗歌而言,散文更像普遍化的人生。

　　我所认为的人生的情理,结合对文字的看法,应当是散文与诗歌的结合。情理随文字流淌,既不至溢满,亦不至枯竭;既不因理废情,亦不因情忘理;当中又不乏奇趣之情、偏执之理,但大体言之,它是平和淡然的——人生情理在散文中绵延,又在诗歌中掷跃,平淡中自有几分妙趣横生。

所遇

1

人在困顿失意时，愿意相信命运的不可预料、不可控制——较之把人生交给命运，把人生交给自己显见是一份更为沉重的负担。事实上，我们遇见什么样的人、会去到哪里或者会有什么样的事发生在自己身上，看似有太多不期然或者说偶然，却有一只必然的手在安排一切。每一个人的所遇是必然，每一个人从所遇中领悟到的是必然，每一个从所遇出发所要走向的亦为必然，这种必然性贯穿我们生命的始终。

但我并不愿意将这种必然性看成外在于人的某种神秘力量，就像上面所说的命运、中国的菩萨或者西方的上帝。相反，我更愿意相信，一个人命运的经由或走向十之六七在于人本身，在于人对自我的驾驭。而剩下的十之三四，即某种偶然性,或归于我们的先天遗传,或归于我们未成为具有完全自我意识的人之前所接受到的外在。就像佛教的"因缘说",缘始自因,缘由因聚。简言之,就是内因决定外因。

"没有单纯的所遇,一切外在材料都是经过规定的。"

"人是其所作所为。"

2

一个人的人生所经历的,熟知未必真知。熟知停留在表象,是感性的材料,真知则是从熟知中得出的真理。这一真理关乎自然、社会、人本身。从熟知到真知的本领,除了潜心钻研、用心领悟没有旁的路径——这又不尽然指学习、工作,也是我们对生活、情感的态度。而直觉与灵感,或可称为后理智的直觉与灵感,往往在潜心钻研与用心领悟的过程中得以呈现。

详尽点说,钻研是人对"所遇"的"所作所为",包括乐观的精神向往、好奇式的心理状态、持之以恒的"劳作"(精神或肉体的)。而领悟则是"所作所为"后的所得,即在批判旧世界的过程中发现新世界、创造新世界。钻研是过程,领悟是目的。钻研是工具,领悟是价值。或者说钻研是开启,领悟是引导;还有一种是对"所遇"的无动于衷。既不肯勤勉付出,为自己的人生负起责任来,又在求而不得、得非所愿、得而复失时对所得愤懑不平,芥蒂于心。

佛教的"因缘生法",因是主观,是内在。缘是机缘,是外在。也就是说一个人的所得、他的成败福祸不是毫无根据

的,你总能从因缘二字中找到它的底细。至于是十之六七,
还是十之三四,只能靠自己去把握了。

"我曾见的生命,都只是行过, 无所谓完成"

　　木心先生的文字是漫不经心的。它的美即在这种漫不经心中。他似乎并未高蹈着身心、高视阔步地写作。他的文字只是自在的漫步,文化的,生活的,艺术的,历史的,哲思的,建筑的……他的姿态那么低,灵魂却又那么高;识见的睿智和语言的俏皮又那样让人惊喜。偶或有一些东奔西突,却也是那样蔼然坦荡。

　　一般的作者,免不了要为自己的文字预设一般的倾诉对象,而他似乎更在意与自己心灵的对话。自说自话又不讨人嫌,似乎只有木心了。答案是他的心灵,不单是他一个人的心灵,这颗心灵浸染了他所在的那个世纪的价值和良心。如果要从文学传统来解释,多半是因为他的底子,是旧式文人的温蔼的底子罢。

　　他是历史的一个冷眼看客。看他写的《战后

嘉年华》，大抵能得出这样一个结论。二十世纪战时的纷扰如秋叶般簌簌落在他的文字中，你能从中翻检出人生的仓惶、艺术的滞重、生活的无奈。他也是过客，只是比一般的过客多一双明锐的眼、一颗绵密的心。

他对文字似不是全部的热爱。全部的热爱反倒简单。他的意兴阑珊，索然无味，兴或一点颓废，倒让我觉出他的灵魂和精神的独立。搁在写作中，就是一种自由，一种"玩世而不媚俗"。繁花满枝自然惹人喜爱，倘若仅有三四枝六七朵，但也敞亮地舒展着，不也是一番兴味吗。先生也作画，油画或水墨。而他的文字，让你觉得，西洋画的华彩不过如此，水墨画的脱俗不过如此。

《战后嘉年华》中有我最喜欢的一句："我曾见的生命，都只是行过，无所谓完成。"木心先生不止是行过，他的人生的意义，也不止于完成。

附

木心，画家，作家。1927 年生，逝于 2011 年。原籍中国浙江乌镇。木心本名孙璞，字仰中，号牧心，笔名木心。毕业于上海美术专科学校。1982 年定居纽约。在台湾和纽约华人圈中被视为深解中国传统文化的精英和传奇人物。

关照自己的灵魂

这是一个有意思的话题。似乎与谈论人生意义没有多大不同。可是我们的"目力"所及,或许会问我们的人生的意义,从生而为人的角度、从自我实现的角度、从责任担当的角度……但这些角度似乎都未真正关照到灵魂。

先问灵魂是什么。

灵魂是形而上的。灵魂是"我在"——精神世界的实在性。唯有它的到场才凸显出人生的意义。否则人生不叫人生,意义也无所谓意义。但灵魂是隐逸的,它的到场必然经过"我"的呼唤。显然,这个"我"已经经过"我在"的规定,但"我"总是不失时机地逃脱"我在"的"规定"去赴俗世之宴、去狂世俗之欢。"我"的自沉和"我在"的自拔一样的自命不凡。当然我们始终相信,没有"我"的"我在"和没有"我在"的"我",不是陷入虚妄,便是落入不羁。缺一而可,人生不叫人生、意义无所谓意义。

　　单说"我在"，灵魂的"形而上的"意义便只是意义。单说"我"，有限性便永远是有限性。我们要关照的，是那个经过"我在"规定的"我"，如何时时处处地与"自在自由"的"我在""自由自在"地同在——不惧时间的囹圄，不惧死亡的威胁，不流尘世的媚惑；我们要关照的，是那个经过"我在"规定的"我"，如何超越"我"的有限性，追随"我在"绝尘而去，真正的与"我在"在遥而可及的无限性中实现逻辑与历史的统一——"我在"是"形而上的"无限性，"我"和"我在"的统一，才是真正的具有是实在意义的无限性。

　　关照自己的灵魂，便是对灵魂的"灵魂式"反观自照。不惟是灵魂，还是灵魂式的。你对灵魂是客气的，或是无礼的，那必不是你的灵魂。哲学中的反观自照即反思与批判，灵魂式的反思批判不是外部的、浅尝辄止的，是思想的、深刻的、不间断的。灵魂式的反思批判的要求，必是切中现实的。这个现实是"我"的"现实"。"我"，既是个体的"我"，又是社会、民族乃至整个人类。而这个"现实"，则是"我"与"我在"共同到场构成的"现实"。

　　穆罕默德说，如果你有两块面包，你要用其中一块去换取水仙。面包和水仙，即"具有实在意义的无限性"的实现，这恰是关照的本意。

境界

必有这样一些时刻,它是属于你的,而你也属于它。对于这份"属于"你又有一份清明的自知——你感觉自己迎风而长,甚至听到心灵拔节的声音。那是何等的快乐。

我并不料想自己会到一个怎样的高度。灵魂从未高高在上,它身在其间。

灵魂因其自微而伟大,境界因其自低而高远。

"分手的时候到了,我去死,你们去活,谁的去路好,唯有神知道。"这是境界。

上帝的归上帝,撒旦的归撒旦;各安其命,各得其所。这是境界。

你的人生不是被你背负着,不是被你驱赶着,不是被你抛弃在后,你和你的人生携手同行。这是境界。

　　你懂得从且暂的生命中跳将出来,你复又跃入常伦接受生命的悲喜——为丁点的快乐而满足,为时运的不济嗟叹。这是境界。

　　境界是具象中的抽象。境界也是它自己的反面。

　　"境界"常被人玩弄于股掌。于是,你有没有境界,你的境界有多高,不再是自律的问题,而是他律的问题。

　　境界当然不是一。有很多种境界,也有很多条路。你总要追随其一,或开拓其一。

　　你或无法超越,但你必可以超脱。后者是心灵的境界,前者是俗世的境界。

　　无可计时不计,不失为境界。

　　境界是大度的房东,它为偶然性和必然性提供同样像样的居所。

思考

　　思考,用海德格尔的话来说,就是"使问题得以成立,使问题得以提出,迫使自己进入这一发问的状态中。"这个"迫使"的力量,如果你把它称为一种力量的话,它只来自于自己。

　　思考总是朝着问题的广泛性、深刻性和原始性进发。思考的对象是树木也是森林。

　　思考不是简单的由此及彼。它与任何一个"彼"等距。也就是说,真理作为思考的结果与任何一个思考(起点)等距。你(任何一个"你")之所以更接近真理,不是因为真理距你更近,而是因为你的思考使你更接近真理。

　　思考并不惧怕思考的对象给自己带来的"反冲"。相反,思考在迎接这个"反冲"中变得无所畏惧,并从中获得再次深入到这个对象的精神力量。

思考或不思考无碍于思考对象。它有碍于思考和思考者本身。

思考并不是要去迁就现实。相反,它是要将现实置于自己的准绳之下。思考是"王"。

思考不是喋喋不休,那只会让思考在起步阶段停滞不前。思考是行动,思维的行动。

思考是超时间和超空间的。思考在思考中获得时间和空间。思考也在思考的结果中获得某种时间和空间。

思考的结果或许无益。思考有益。

思考或不可使事情变得浅易,甚至相反,它使事情变得艰深。但思考的意义已经凸显。思考是思考本身。除此之外,它什么也不是。

对思考的思考——我们把这把锤子锻造地愈精巧顺手,愈能敲击出思想的火花。

思考是什么?思考是投向晦而不明的事物的本质的一

丝光亮。思考的力量越大,那束光亮愈能透彻事物的本质,进入事物的内在。

思考是对有限性的克服。思考是无限。

思考使一个人拥有精神的优越性。

思考一方面是对集存在头脑中的素材的归类和整理,一方面是捕捉你的头脑中灵光乍现的东西——你必须高度紧张,一不留神它就会从你的思维之网中逃脱——你的工作是驯服它、发展它。后者是创造和创新,它又必然经过前者的积累。

思考无需自证其存在,它的意义昭然若揭。

没有纯粹的认识,认识即思。

哲学家无非是反复诘难自己思想的人。他们不满于现存的和现有的,他们要向自己的思想去刨根问底。而在那些被翻犁过无数遍的土地中,他们总能找到常在常新的关于世界和人生的真理。

要有一颗慧心

1

对于人生,我们的慧心是了解生命的意义、创造生命的意义。

什么是生命的意义——人是"莽苍万景"中的"苍劲者"——生命的意义便是在生命的行进中完全地、彻底地打开自己,并在这种展开中完成对"自我"的命定和确证,就像谷物经由风霜而变得饱满实在,那些"饱满的"、"实在的",便是生命的意义。

对于生命的意义,有些人不作寻找,有些人遍寻不到。对于前者,我们无话可说或者所说有限;对于后者,我们要说的是,"在"不是思想到了的"在","在"在"在者"中自在。但这个自在的"在"又不对每个人敞开,它只对强有力者"在",只对思想到"在"的人"在",只对那个有着一颗慧心的人"在"。

赫拉克利特说,"最优秀的人宁愿取一件东西而不要其他的一切;宁取永恒的光荣而不要变灭的事物。可是多数人却在像牲畜一样狼吞虎咽。"真正的人生,是撇开堆积在生命之上的财富、名利、地位、身份……去努力回应生命本身的需要,唤醒它,再次启蒙它,用荣誉,信仰,爱,自然之光,健康,亲情,家庭,友谊、闲暇的乐趣去喂养它;真正的人生,是抛开那"变灭的事物",去取那"永恒的光荣"。

生命与精神同在。

2

对于爱情,你的慧心是找到那个能够"听到""看到"你的人。换句话说,就是找到那个愿意走入你的精神世界,那个愿意与你相互引领着去探索彼此内心的神秘与丰富的人。

你们的精神深深吸引着对方。你对他(她)的欣赏,不必然地带着一种必然性。你们都愿意持续地去做一件相同的事,这件事意味着你们要冒着疲惫的危险、舍弃舒适的自私去探索对方心灵的幽洞,去发出呼唤,倾听回音,并且坚定你的每一步前移都会离他(她)更近的信念。

而如果这个人,认识前和认识之后,甚而生活在一起后,你都不"认识",这个人显然无法成为你的真正的爱情的对象。因为,就他自身而言,或许他的生命只是生命的完成,至多是从成功的层次去完成,而不是意义的层次。也就是说他没有一颗慧心,至多是巧心。巧心能看到人情世故,或是圆滑或是耿直,但却看不到人性、精神的快乐。也就无法发现那些为苦难琐碎的生活所掩盖的或者直接就是由苦难和琐碎呈现出来的生命的意义。就两个人而言,如果只是两个事实上有关联、精神上无瓜葛的"在场者",他的在场或者这一"在场"也就失去了它的根本的意义。你们是两个"不一样"的人,这是多么可怕的一件事。这个可怕是因为"这个""不一样"恰是"精神"的不一样,而不是别的什么。

而另一种,你未认识他之前已经认识了他,即他恰是你在内心描摹过的那个 schema,即这个 schema 与你认识的此在的他同一了,这个此在的他与你的此在同一了,远隔万里也能听到彼此、看到彼此,这便是爱情。

精神与精神同在。

3

对于孩子,你的慧心在于启蒙他的作为人的本质力量;在于诱发他对自我的认知、他的活泼的生命力。更加"高明"的父母,还善于在这种启蒙后尽快地找到与这个已经有了自我认知的孩子之间的合适交流方式。我们说的这个合适,至少也应当是旗鼓相当。也就是说孩子进步了,父母也必须进步,你不能再用启蒙前的教育方式来对待"启蒙"后的他,否则就会冲突不断,继而失去对他的成长的全局上的"控制"。

而孩子这一边,他的"有知"或许仅限于知道这种能力,而并不是娴熟地运用这种能力，运用这种能力对他而言可能还是一种"无知"。因为这种能力更多地需要他在自己的人生经验中去进一步"自学"、确认和固着，而不主要是通过教育的方式去完成。所以当他被身边的人称为成熟又同时被你认为是幼稚的时候，你要知道，这是一种必然存在的矛盾。你大可不必为他的这种矛盾而"矛盾"，因为他的这种幼稚不是无知的幼稚，是有知的幼稚。他的荒唐、直执大抵都是由这种有限的有知、有知的幼稚而起。甚至你要觉得欣慰，因为较之于未曾意识到自我力量的孩子来说，他的幼稚算不了什么，那实在又是一种比较成熟的"幼稚"。

　　这个时候，父母要做的就是最大限度地降低一直以来"驾驭"、"支配"孩子的欲望。尤其是当他懂得独立思考，有自己的兴趣，对世界充满着好奇心，甚至从某个层面上来说他超过了你——你要告诉他的，仅剩的也是最重要的，就是独立思考的可贵、纯粹兴趣的可贵、坚持的可贵。你能给他的最好的东西是建议，是陪伴，而不再是驾驭和支配他。他要去完成对自我的驾驭和支配，包括完整而完全地属于他的自由的时间、完整而完全地属于他的独立的空间。在跌撞中他终于懂得接受成人经验性告诫的重要，他便真的成熟了。

　　生命与生命同在。

关于哲学

伊壁鸠鲁说自己在哲学中、在为哲学的服务中感到了幸福和满足。

哲学从现实出发。此行的终点是精神的故园,也是现实的家园。

哲学是纯粹的水晶,在思想的世界,它无处而在,又无所不在。

黑格尔说"哲学就是哲学史"。哲学的命运在历史中展开。

哲学让你看到现实,而不仅仅是事实。

哲学的学习不是知识的吸收或灌输,它是心智的开启、是启人思。"而且是诗意地思与诗意地说",更是"诗意地栖居"。

哲学是普照的光,从哲学中你得到心灵的安慰。它引你通过喧嚣的马路,幽暗的里弄,破损不堪的木梯,最终到达灵魂的静谧居所。更重要的是,它为你开了一扇窗,透过这扇窗,你俯瞰到人间。

哲学告诉你,你必先爱才恨,你必先执迷才悟。

哲学把自由放在自由中,把现实放到现实中。在命运中摆脱命运的束缚。

哲学是轻盈也是沉重。

哲学告诉你一条路,然后把那条路堵上。

通往经验之路

人们常说经历是一种财富。事实上，经历本身并不许诺什么。人一生所经历的，常有风消云蚀，无迹可寻；又常有历久弥新，覆雨翻云。经验的获得，由经历始。以经历始，却未必以经验终。也就是说，经历的获"益"与否完全取决于人的主体性实践，以及由此出发的种种选择——选择的自由是主体性主要形式之一。从感性的主体性实践到理性的自由的选择，即经历通往经验的路。

经验的相对论者认为经历的不同，必然造就不同的生活经验。所以经验是个性的，为我的。经验的绝对论者则认为经验是人类对可能性和差异性的归纳演绎。所以经验是共性的，为人的。其实，生活所呈现给我们的往往是这两者的辩证统一。我们既在自我的经历中形成独特的个体经验，也在人类的历史中获得集体经验。

而集体经验,譬如文化、哲学、宗教、道德、风俗等等,又总是由无数个体经验在前仆后继的历史长河中凝聚和积淀而成。

还有一种是经验的虚无主义。虚无主义未必全是不对。人类要"战胜死亡的恐惧、情欲的动荡、生活的苦恼、人生的烦闷、存在的空虚……,该是多么不容易。"(李泽厚语)人在困顿苦楚时,是需要一点经验的虚无主义的,"忘苦"只为"乐生"。但长此于经验的虚无主义总是不对。"不问前路",勇则勇,但仅止于经历。"前路可堪",则是让我们在勇之余,多一份经验取舍的智慧。

经历的贫瘠不等于经验的贫瘠。伊曼努尔·康德一生未踏出出生地,海涅大呼康德没有什么生平可说。但康德却是德国古典哲学创始人,被认为是对现代欧洲最具影响力的思想家之一。所以还要回到"人的主体性实践和选择自由"——个体在对待自己的人生际遇时所表现出来的主体性和自由意志,它的有或无,强或弱,决定了通往经验之路的成功与否。

坚信一点,"主体性将为开自己的道路不断前行"。(李泽厚)

本性·本分

　　人活在世界上，所做的和所能做的，大多凭着自己的本性和做人的本分。本性和本分，一个是特殊，一个是一般。但本分和本性并不隔绝。从一般到特殊或者从特殊到一般，不是两条路，而是一条路，或者以始为终，或者以终为始。大多数时候人都在本性和本分之间左右摇摆。当然，这个摇摆始终在人性的范畴之内。人的动物性和神性另当别论。

　　通常我们照着自己的心意做事，这是本性。较之本分，本性中自由意愿多一些，感性直接多一些。譬如女人的小性子或者孩童的贪耍。但本性不全是自然或者自发——动物的本性是完全的自发，而人的本性的要义，只能也只可能是人化或者说社会化的本性，是人之为人后的"自我的"规定，是一种自觉。人之为人前的本性，则全然是自发，是天性。

本分更进一步。如果说本性出自自我心身灵的需要,本分则先要顾及他人的需要或者"社会的"规定,在这种规定下或者从这种规定出发反观自照,并兼顾本性中的善念,从而首先通过自己的良知,进而获得社会的普遍认可。如果说良知良能是本性的最高追求,公序良俗则是本分的最后底线。

天性和本性的成分孰多孰少,把动物和人或者孩童和成人的世界区分开来。而本性和本分的成分孰多孰少,则将成人的世界划分为追求小我与追求大我、自觉或者觉他。追求人性的圆满,则需既讲本分,又讲本性。

性情

当我们不甚计较别人的性情的时候，从对方来看，这个人多半与我们远之又远，又或者他在你心里的位置低之又低。从自己来看，大概是可以被称为性情中人。

人的性情大抵可以从他待人处事看出些端倪。旧时的大小姐过惯了讲究的生活，是无论如何不肯将就的。所以她是大小姐。肯将就的，也就不是大小姐了。

中国的传统，性情的表露通常是隐之又隐的。以至于没有多少性情可言。

性子好的，坏事好事都受得住。性子坏的，好事坏事都受不住。

大概是比较喜欢直性子吧。尽管我算不上直性子。又大概是比较喜欢热性子吧。尽管我算不上热性子。倒也无所谓褒贬，更无所谓好坏。总要给自己留一点空间。亲密有间。已经很近了，不能再近了。

　　想的、说的、做的各是一套。凡人大多如此，如此大多凡人。

　　总得端着点性子——为着自我理解和相互理解。

　　白天和黑夜。伊的性子在白天的黑和黑夜的白之间显现。是了，为了看得更清楚。他打开了白天，又打开了黑夜。

　　有些小性子不为过。女人多半如此。大性子唯其大，都不像女人了。

　　油头粉面的，性情大抵软绵。急赤白脸的，性子大抵刚直。相由心生，饶是古今一理。

生活哲学

与西方不同,中国哲学多为经世济用,此在的顿悟与细微处的醍醐灌顶也常出自日用伦常。日用伦常虽寻常不过,但从这寻常中生出一双智慧的眼和一个冷静的头脑去睥睨人生与生命,去识见人生与生命的意义,又独显出这种哲学的可贵与其秉持者的不易。

生活并不总以狰狞残酷的面目出现——对此我们倒是有足够的警惕或者防备。是的,面对大的悲或者苦,伤或者痛,生离或者死别,我们才会力竭声嘶,才会俱下声泪。我们才会承认人类的渺小以至孱弱,才不会愚蠢地认为人能胜天……又反而才会在匍匐跌倒、当头棒喝中获得某种力量。

生活用它的无可计数的烦恼、不足挂齿的忧伤、锅碗瓢盆的纷响一点点吞噬我们的生命、思想、情感、情趣。你无法时刻觉察它的存在而它却无时不刻吞噬着你。偶有一丝一些的感叹伤怀,复又为那前仆后继的浪所埋汰。偶有生冷的刺痛提醒你从安逸之躯抽出自己的灵魂,从对自我的识见中去获得性灵的满足,却又顷刻间消融在它的微醺的梦。

是的,这正是大多数的生活和生活的大多数。我们争,无诤;我们嗤,无痴。我们碌碌而为,向生而死。可谓塔尖下的碎石,高峰下的群泥。而少数的生活和生活的少数,又总有凛然一跃、奋而不顾、睥而睨之者,唯其凛然、奋然、睥睨,而成千古奇情、奇才、奇闻、奇迹。此又可谓碎石上的塔尖、群泥上的高峰。

中国的生活哲学素有这样的宽容和气度。允我们各领各的命,各安各的生,各造各的福。少数不因多数之多视之无趣,多数不因少数之少失之敬畏。

历史只是一瞥。而惊鸿一瞥,是中国的生活哲学。

静心与中庸

静心，既有对外在环境浑然不觉的超脱，又有对内在心境浑然有觉的观想。反之未尝不可。所谓"动若脱兔，静若处子"，说的是中国哲学的圆融、进退有据。

人皆有物欲情欲名欲。恒念之、淡泊之、睥睨之，是自我的选择，自我的修行。从中庸来看，静心的功力，毋须十分，执两用中，五六分即可。用十分，是僧佛；不论几分，是老道；耽于两难，泯然众人矣。俗世之人自当有俗世的快乐，譬若美食美景、美眷美色，身为之趋、心为之动，人之常情、事之常态。倘有人追求处俗世而不世俗，则需再添一两分定力。倘再有人追求俗世而出，便不复中庸。中庸有中庸的妙，未尝不可；中庸有中庸的糟，不置可否。

大概静心仍为俗世之功。古人讲小隐隐于野，中隐隐于市，大隐隐于朝。静无处不在，无时不有,无所不包。也有惊世骇俗者。诗仙尝曰,"人生得意须尽欢,莫使金樽空对月",又曰"举杯邀明月,对影成三人",这是静的极致。林则徐有言,"苟利国家生死以,岂因祸福避趋之",这是动的极致。不屑于执两用中。

此外,中庸来看,动静之在过程最好,不在结果。倘有结果,则是结束。所以中国人很少非黑即白、非此即彼的哲学。这是好事,也是坏事。大而化之的国人的国民性,是其他民族拿捏不了的。增之一分,是玉石俱焚;减之一分,是丢盔弃甲。使这个民族立于不败之地又饱受诟病的,便是这种圆融而进退有据而翻云覆雨而左右逢源的中庸哲学罢。

静心难,中庸也难。

自在

　　中国人喜欢退而求其次的小日子。往大里说，一是谋大事成伟业者鲜，二是功名易取难守，三是树大招风。往小里说，一亩三分地的小日子，可凭可据，自在滋润。

　　但这种自在，也不是人人都有。

　　先说自在之"自"。中国的人文传统，难容自我。仁义礼智信，说的是忠君孝亲、待人待物，鲜有于己于心、于性于情。所以古人尝怡情乎山水、养心于天然，或在诗词的一叹三咏、笔墨的浓淡结字、书画的匠心独具中，去完成自我旨趣的追求，并由此袒露几分"悠然见南山"的率性随意。而今之国人，不惟与古人修身养性的苦心孤诣相去甚远，甚而背道而往，将这个"自"亵渎成自私、自利、自以为是。

　　再说自在之"在"。这个在，又不惟是存在。"在"之于"不在"，是一种；"在"之于"善在"、"美在"、"真在"、"实在"是另一种。"在"之于从遇合他人处获得存在感和契如自我中获得存在感又是另一种。套用张爱玲的小团圆,在,又总该有小在之"在"和大在之"在"。

将"自"、"在"合在一起,有"自"无"在",或者有"在"无"自",都是欠缺。我以为,"自在"的第一求,当为兴之所至、欲之所求,所谓逍遥自在,自在逍遥;第二求,当为不扰人、不自扰。即心有旁骛不扰人,心无旁骛不自扰;"自在"第三求,则当舍己、无己,当以"不自在"求"自在"、以"无自在"求"他在"。

咦,"自在"难,难于上青天!

智慧人生

　　智慧者能将人生看得透彻些。所谓道法自然,讲的是无法之法,法外之法;无道之道,道外之道。而不惟是人生的苦乐忧惧、死生契阔。苦乐忧惧、死生契阔是常态,或者具体而微,或者空旷而达,仍是俗世之心,未必稀奇。恰如每一个人都凭着自己的努力甚或不努力,认真或者不认真,去给人生以正解、歪解、一知半解乃至不解。而他总能认识到,人生是自己的人生,除了生死这一最初起点和最末终点的相似之外,步骤的繁简、是非的曲直、过程的难易,总是不一样的。不可不求,亦不可强求。

　　但我以为智慧者不是"从来"的智慧,即所谓的慧根、慧心和慧眼,这些智慧定是"从此"、甚至"此后"。经由修炼的智慧,愈是苦作自重,愈能得圆满。这是从时间来看。从空间来看,智慧也从来不是向外求的,枝繁叶茂的依据是根深蒂固,渠清如许的依据是源头活水。蒋勋先生讲"外在的风景,其实是你自己的心情",相随心生或者境由心造,也总是有道理的。

修炼只讲三点。

一曰善其心。这是起点。做人做事,从善如流,向善如炬。凭着这一点去想去说去做,我们的怨意嗔言戾气总归要少些。只是守住这份初心不易。会有丢失和蒙昧的时候,便总要勤加拾捡,时时拂拭。我们常有这样的体验,失散的故交,忽然寻着了消息,虽仍未见,但知道了落向,有了凭据,就有了寄托,心里总归安稳些。这份善心便该是你要时时去寻且妥当归置的故交。

二曰尽其力。这是过程。"畴昔的闲散"要有,"无为的奢华"要有,"浓稠的寡淡"要有,但更要有实在的勤勉和倾力的劳作。我曾讲过善在、美在、真在、自在,而唯有实在,才将那些美的、善的、真的,成其为自在之在。中国人讲务虚,更讲务实。所谓无我必先有我,无畏必先有畏。天下成大事者,不畏艰难、倾力付出是首要的一条。

三曰随其缘。这是末了。末了不是终了。凭着善心尽力去做了,结果哪怕不济,也要做到得之不喜失之不忧。我们常说尽人事听天命,这是老祖宗的智慧。何况人生的归宿和福祉,得失成败、毁誉盛衰只是十之一二,更多的,要向得失成败、毁誉盛衰之外寻找。看不到这一点,你的人生,也就只能就地画圈、塞足不前了。

善心、尽力、随缘,缺一而可,难通智慧。

第二辑　心灵的屋

（不）寂寞

1

　　龙应台说寂寞可能是美学的需要。那么，寂寞的使命，一部分便在于创造美并使人从中获得对美的感受；更重要的部分，则归于心灵的成长。或者可以说，寂寞是心灵成长不可或缺的一种选择，甚至，是生命的必需。

　　寂寞让人沉静，这是不错的。寂寞更让人自省。苏格拉底的一句"未经省察的人生没有价值"，似乎道出了寂寞的真谛。它是为着创造一个自爱自省的时空而存在的，它要以它的形式的存在来换取一些内容的实在，关于意义，关于价值，关于存在。每一个人都是一个宇宙，它让我们在沉默中面对那个宇宙，从混沌中找到自己、剥离出自己、成为自己。

　　寂寞是有兴味的。一种干净而纯粹的兴味。

它是一块白布的底子,又是一支隐形的笔。当繁华落满画布的时候,它会说,太多了啊,太多了。于是那支隐形的笔便显现出来,在白布的底子上画啊画啊,却未见得添些什么。是了,寂寞不是用来为生活增姿彩的,它只教我们沉静、疏离、成长、蔓延。

我始终相信寂寞带来些什么的时候,也一定会带走些什么。那么,是什么呢?

2

谁能预料寂寞的到来呢。笙歌正欢,他却不请自来。你会说,拨了一大通电话,怎生忘了请他——最深的心底里最熟稔的一个。或许,你原本想要的,也只是单独的亲密或者暧昧的私会罢。但这热闹中的出现,倒显出他的别样与不同。你是知道的,他不是为着你的热闹而来。热闹只是你的躯壳,他却清楚地看穿你的空虚。你是一只空杯子,他的到来,只是为着将你的灵魂盛满。

盛满则如何呢?你依然笑着、闹着,但此刻,你的心里,已是潸然泪下。在这人群里,你是多么孤寂的一个。而除了你的寂寞,又有谁更懂你、又有谁更爱你。于是你陷入你的寂寞,兀自缱绻,仿佛你和你的他才是真正的灵犀。寂寞于你是一种享受罢——他的性感甚至他的神秘。但享受又不是全部。因为你总归要相信,一个好的爱人,他的存在以及他的爱,是为着教你更清楚的看到自己,更好地去爱自己。

所以,神秘又如何呢?每一次你对自我心灵的探索,不都是充满神秘的冒险吗。他实在是一个体己的爱人,他不要求你必然爱他,却深深懂得你的泪或者笑;又用他的臂弯做了你的枕头,让你放心地去梦,去哭,去徘徊,去救赎,去默默地捧读自己的本心……

秋

1

或许因为自己出生在秋天，对秋才有着某种特殊的情感。甚至觉得，我的性格，慵懒中的自觉和散漫中的张扬，恰如秋的枫叶，哪怕下一刻是枯萎，也愿拼了全身的力气燃烧成漫山遍野火一样的红。又如秋的气候，温和舒适，却又躲不开几分秋风秋雨的悲凉，尽管这份悲凉全不似突兀的春的乍暖还寒。

喜欢看秋的低沉的暮色，秋的好脾气的慢慢地沉静，慢慢地聚敛落日的余辉。当生机万物即将走向萧杀的冬，必定是要经历深沉的秋的痛楚。秋就像是我们想要紧紧抓住永恒生命时的一声叹息，又仿佛生命在秋的某一瞬间定格成了永恒。落叶纷飞时我们捕捉到的是回望的精灵吗，是夕阳下长长的背影吗，还是漫长的期许、俏皮的张望？

喜欢听秋的不是那么急促和热烈的夜雨，一滴，一滴，仿佛每一声都能听得清清楚楚，又仿佛似珍珠般散落的每一颗都深深嵌入了我的心底。秋雨是凉的吗，被暖暖的手和心捧着，却总会散发着一些温润的气息。

喜欢安安静静地嗅着秋的优雅成熟的味道。它远远地、默默无语地注视着你，因为它的不做作、不轻狂，你又尽可以松松软软地倚靠着它，就像倚靠着心底里你爱的那个人，内心是一片幸福和安详。

喜欢秋的故事，恰如雁的身影，总是在沉重中轻盈地展开，向着丛林、向着湖水、向着遥远的未知……

2

春的到来总让人心里不留边角地填着欣喜，姹紫嫣红的颜色，乱花渐欲迷人眼的花团锦簇，蹦着，跳着，在心里几乎是要呼啦啦地唱起歌来。而秋，却是寞寞而清凉的女子，虔诚地燃了一炷香，本是怨这份清凉和落寞，想是要向着热闹和繁华去的，却怪也似地复向佛祖要了一份淡定和从容。《黄帝内经》有云："秋三月，此谓容平。"说的便是此种历练后的境界了吧。

秋到底还有些嗔怪自己，却不知这便是她的本性了。世间繁华，总是向着寂寞开。倒是这撇清了凡垢尘俗的定与静，可以落落大方地赏那风月无边了。啊，风月无边，忽又想起了乾隆爷在杭州西湖湖心亭题的"虫二"二字，好一个意趣情真的皇帝老儿。拍手笑道,春似繁华有尽时,秋便是那无边风月了。

　　只是皇帝老儿免不了华衣锦食的放浪名声。秋素素静静,似那总是寥寥写几笔诗词的文人,将心底里澄净而豁达的真爱,意象成秋水一色,意象成"长风万里送秋雁,对此可以酣高楼"的气度。心境似湖,不经意间揉碎了月光,系住了扁舟。

　　秋也有浓重的颜色,多是透红、醇紫或者熟黄。如果春是娇弱无力的水粉,活泼泼的鹅黄或者新绿,秋便是不遗气力、浓得抹不开的油彩了。一堆堆错陈着的色彩,一笔笔的肃穆或者鲜丽,仿佛看到、嗅着、触见的都是生命的厚重。

　　秋也有粗犷的放歌,边塞的战鼓,漫天的黄沙,扼腕长啸的壮士,卷进行囊的沧桑。较之水泱泱地带着几分儿女情长的春怨,秋的愁绪无疑多了些家国天下的怀想。

　　浓厚,淡真,秋的冰凉与热烈,秋的似而非。

　　人生如四季,春生,夏长,秋收,冬藏。若有一天遇见秋天,低嗅,莞尔,仿佛故人,淡淡的菊。

好好的

三毛说,我的心灵有很多间房子,荷西只是偶尔到其中的一间来坐坐。多么聪慧而自主的女人。

留给爱人的那间房,有满满溢着的茶香,有俏皮轻快的话语;有脉脉相依的温情,有失落了的梦的低泣。而在属于自己的心灵房间里,一定是满盛着喜悦,一定有一枝百合微扬,亲吻着煦暖的阳光。即便是布着阴霾,放着一段低回的音乐,也可以是那么恣意的一种自由。任泪水和忧伤慢慢地漫过黑夜,漫过轻纱,漫过窗棂,去轻触缕缕月光的清凉。

这样的女人,细腻的情思中又有几分直落和率真。她的喜欢和不喜欢,总是那么坦白而分明地写在眉眼里,孩子般无拘束地笑或者哭。

只是,为什么不可以好好地,好好地活在记忆里。爱的心,累了吗?这份思念,倦了吗?

可知道,他的烟,还那样摆着;他的眼神,还那样默默地看着你。可知道,心灵的那许多房子里,还寄存着凡尘的烟云,许多的倾慕、牵挂,生活的梦和未来。

只是,真爱面前,再聪慧的女子也会乱了分寸,直至在思念和回忆的纠缠、追逐中无可救药地沉沦。是啊,满心满眼都是他的影子,他的笑,却再也无法真实地触摸,再也不能与他(她)相随相伴,这又是怎样的一种生离死别的痛苦。泪水滑落时,喃喃自问,在另一个世界,你是好好的吗,回答只是寂寂的沉静。于是,只有随他去了,才可以换取一份永远的忘记和不牵挂。

听风在唱歌

有些歌,即便是在人声鼎沸的会场,也可以穿越喧嚣,直抵心口,轻易地攫住你的悸动。错愕间一切嘈杂的声响都已略去,天地之间,仿佛只有你的存在,只有你在为你的歌默默地垂着泪,用心的颤抖吟唱它的旋律。

有些人,即便是在人潮涌动的街头,也可以穿透光影,直抵灵魂,轻易地捕获你的悲喜。恍惚间一切混乱的背景如潮水般退去,天地之间,只有他(她)的存在,于是在心中涌动一份无可名状的忧伤,用灵魂的虔诚拥抱他(她)的沧桑。

或许快乐的感觉总是不如忧伤来得那么强烈和持久。那么歌声,尤其是悲怆的歌声,总会让你不由自主地深陷其中,为之唏嘘为之感叹。爱的不可拥有,又总会无端地让你想起雪泥鸿爪的过往,想起幸福的吉光片羽,想起前世今生因缘际会的期许和交集,而后黯然神伤,而后无语吟咽。你无法挽留,就像飘然散去的这首歌,云无法停留,就像他(她)终将错过你的等候。

听,风在唱歌。黄昏寂寂的湖水,蓦然回首,惊醒天边的梦。

水仙的模样

多年没养水仙，甚至很多年都没有见过水仙，以至于水仙是什么样子，似乎都淡忘了。小时候春节前，大人买回了水仙的球茎，我总会认真地从工地的沙石堆里寻来色白而匀称的细石，洗干净，一层层仔细地铺垫在球茎的周旁，然后一天三回地巴望着它早日吐蕊飘香。

喜欢花草却不懂伺弄。读书时也会买些微型的小盆景放在书桌上，文竹、仙人球之类；或者也有要好朋友的馈送，却总活不过几天就恹恹的，没了生气。尔后平添一段伤感。想来室内生的花草都是娇小姐的脾气，大约是要深深摸透她的秉性的。我却只有赏花的雅兴而少了伺候伊的耐性。就像很多人爱孩子的童趣天真，设若没完没了地陪着孩子咿咿呀呀，又多半落荒而去。所以听友说在办公桌上摆了水仙，且允诺某天花开后要拍了照让我欣赏，竟觉得有些意外。一个男人，会有这样细密的心思吗，会经得起一段长长地等候吗？

花草的生命，大约似女人骄傲而羞涩的爱情吧。它深深地埋藏在女人的心底，但只要有一份深深的眷恋和不离弃的坚守，它终会坦露珍珠般的清白和温润，许一世的芬芳与你对望。哪怕用尽气力，哪怕是怒放后的凋零。倘若只似无情流水，它自然会带着伤痕叹息般陨落。

模糊地记得，记忆里水仙亭亭玉立、娇娇弱弱的女儿模样。默默地守着它，淡淡的清香和忧愁……

心灵的屋

是谁说的，女人要贤惠持中、温存可人，要把衣服叠放得整齐如新，在男人需要的时候可以随时奉出，要把家收拾得纹丝不乱，在客人造访的时候可以大方展示。我是做不到的。

从来都是一个喜欢蜗居在家却不懂精细地操持家务的女人，对于理财理物更是天生的愚钝。股市或者基金，在我看来便是一头雾水。我会随手把茶杯和书放在到过的任何地方，会胡乱地往抽屉里塞满零散的宝贝和物什；当然也会在兴之所至仔仔细细地用一个上午或下午的时间整理衣橱，耐心地把只穿过一次的衣物一样样分门别类地放在盆中浸泡揉搓洗净晾晒。

我喜欢随性的生活状态，因为日子是自己过的而不是给别人看的。躺着或者睡着，都可以随手拿过一本书有一搭没一搭地翻看的小屋才是我喜欢的。所以小屋有序还是无序、奢美或俭朴都无所谓，最最紧要的是在每一个角落都有你们为对方铺陈的温暖和柔软，在快乐和不快乐时，在幸福或者忧伤时，可以妥当安放彼此的心。

女人如花

1

说女人如花，是恰到好处的。女人天生一副香柔之骨，其情其态、其形其色，总可比作香艳的玫瑰、娇弱的水仙。哪怕是路旁径边的花草，当它悄悄叶露自己的心事，你低头吮吸它的芬芳时，甚至不舍得折下那含羞的一枝。

如花的女人，若要诌媚自己的娇艳，自然不肖太多气力。想来花团锦簇的盛景，不光是花的热闹，也是赏花人的热闹。只是红尘似梦，万般风情，终究会随行云流水去。所以女人如花，还须有花的风骨奇情。看过极美的樱花，绚烂却又极其短暂的一季花期，常常惹来赏花人的驻足留连，甚或有多情者为其缤纷落瑛扼腕叹息。而樱花却自在地盛开，直至香魂零落的一刻，全然不顾尘俗的悲喜。更有一句古语为证，桃李无言,下自成蹊。自然而率真地袒露着的美,于无声息处,却收获了春华秋实的人生。

2

过去也就这个话题寥寥写了几句,题目是女人如花。今儿个想添几句,是因为最近所看文章中的一句:"女子是一种极其敏锐和精巧的昆虫。她们的触角、眼睛、柔软无骨的躯体,还有那艳丽的翅膀,仅仅是为了感受爱、接受爱和吸引爱而生成的。"多么富有诗情和想象力的比拟,你仿佛眼见着那些可爱的精灵,在花团锦簇里吸吮和翩跹。世界果真少了女人,不知会是怎样索然无味、黯淡无光。

这便是要叫泥做的男人,时时记得对女人的呵护,处处记得对女人的珍惜。许女人以爱,女人亦会为你吐露一世的芬芳。只是,我更愿意说,女人是为了生发爱、创造爱、给予爱而生成的。舍是德(得),施是福。女人不唯是要用活色生香来吸引爱,更要像那些精灵们,能用手中的魔杖轻轻向丑和恶点去,使生活富有美的质地,艺术的气息,音乐的节奏,诗的韵律和五彩的缤纷。在普通的日子里,女人更要用她柔软的心肠,好听的声音,用她温情的眉眼,去成就生活的真和善。

女儿花,生在乡间田头,便多一分野趣质朴;长在王谢堂前,则多一分娇骄之气。无论是哪一种,总要保住她的天真和自然才好。因为,天真和自然,才是生命的本质。我们又说,花的美,有自在天成,更少不得赏花人独特的眼力,所谓观其色、赏其态、嗅其味;更胜者,还要怜其情,解其意。女儿的美,却必须有自己的主张,自己的坚持,自己的攀登,才能"不畏浮云遮望眼"。将自然之美和旨趣追求衔连,女儿的美,才会恰似花,又强似花。

优雅小语

优雅是一束从内心折射出的光，温暖而不灼热，似珍珠般散淡、温润的光泽，不璀璨、不眩目。

优雅是寥寥几笔的水墨画，没有繁芜的构图，没有厚重的油彩，简约的黑白中蕴含悠远的意境。

优雅是朋友间亲而不腻、疏而不远、嗔而不怒、收放自如的交往。比茶淡，比水浓，比朴实多一丝华贵，比华贵少一份骄奢。若比作男女之交，它较友情多一分浓烈，较爱情少一分缠绵。

优雅是一份淡定自若的心情，看山山有色，闻水水有声。听得见深秋红叶舞落时轻轻的叹息，看得见群鸟掠过天空时写下的自由。

优雅是一份对自然的亲近，对山水的眷恋，对生活的执着。爱绿叶的清新，也爱残雪的消融；爱茫茫人海无边的喧嚣，也爱空旷四野的寂寂虫鸣。

优雅是踮着脚走在泥泞的路上，微蹙的眉尖在雨花绽放的瞬间欣喜地舒展，然后停下脚步，用指尖轻轻触碰雨的湿润。

优雅是一种细腻的情思，如恬静的散文诗，如林间静静流淌偶尔调皮地打着漩儿的小溪。思绪，总似雪泥鸿爪的点滴，又如不经意间划过夜空的流星。

优雅是不事渲染的淡淡的香，若有若无地弥散在氤氲中，想要捕捉，想要绕指千般柔，它却精灵般躲闪了去。

优雅是柔软的倚靠在心灵的微笑，是眉间淡淡的愁，是发梢擦肩而过的风。

优雅是如歌的行板，吴侬软语、唇间玑珠，诗的语言、音的韵律。没有突如其来的感叹，没有故弄玄虚的破折，没有猜不透的省略。一如静静伫立的白莲，一层层精致缓慢地舒展，屏息凝神，就能一点点接近它通透玲珑的心。

此时此刻的思绪

有时候会想，自己到底是一个什么样的人呢，在挚爱的眼里，在亲朋的眼里，平面还是立体，黑白还是彩色，简单还是复杂，温暖还是冷淡，远距离的扫视或是近距离的交往后可否给出客观的答案？我想如果人性是多面体的话，你此时此地留给别人的印象也就只是某一个面的了。无论男人还是女人，其实都是矛盾的混合体，人性总是复杂而善变。你了解自己吗，有谁比自己更了解自己吗？接着我又想，我在别人眼里是怎样的重要吗？我要去争那些俗世里所谓的功名做什么呢？我在为谁活着？是为着自己心灵的舒适、情感的自由，为着自己天马行空的思想、知行、来去，还是别人莫衷一是的褒贬？或真或假的恭维？可是，有几人能挣脱尘网，撇去俗气？渐渐明白，人活着，或许就是庸人自扰，为庸人所扰，或者成为扰人之庸人！

生活的一半

我喜欢的人生，或者说近些，我喜欢的生活，一半应当是云淡风清、悠闲舒适的，就像一片云，可以自由地选择停歇或前行而不必让身心努力去适应日出而作、日落而歇的城市节奏。可以听雨、可以赏月，在每一个兴之所至的瞬间，独自挥洒自己内心的情绪。让我们想象，一个有着极佳景致的江南小城，在晨曦中缓缓铺开它浓淡相宜的画卷。近晚，窗外一抹斜阳，几支绿柳；窗内，或明或暗的光影中散淡着脂粉的气息，小女儿正微蹙着眉尖涂抹自己的诗情画意。相信每一个女人，都会仔细地铺上软软的垫子，让这种生活温柔地缱绻在心灵一角。

而另一半呢，想来女人也是有着气冲云霄、意气风发的做派的，所谓一半是海水，一半是火焰。较之于一些男人的猥琐与懦弱，更喜欢爽朗女人爽朗不拘的笑。就像古代章回小说中的侠女,酒,可以推杯换盏、一醉方休;情,可以至柔至深、百转千回;义,可以舍身赴难、以死相恤。另一半的生活,注定是在男人的战场轰轰烈烈地演绎碧血丹心、刀光剑影。

　　这生活的一半和另一半,真真是冷热两种色调,却偏生可以安放在一个女人的心中。

往前看的人生

　　人过三十,总会在不知不觉中喜欢上回忆,喜欢回望从青涩与单纯中走过的岁月。这种回望自然还未有太多暮气横秋的长叹,对于男人,三十尤为意气风发的年龄。二十岁的经历大抵是在对外在世界的挑衅中张扬自我与个性,对自己的肯定往往多于对外在的肯定。十年磨一剑,如今剑锋所指,乃是内在思想与实力的相互砥砺。说是一种心智的成熟也好,人生的历练也罢,总之,我们更愿意在谨慎地对自己说是的同时也大度地对别人给予肯定。

　　我想,不管是回望或往前看,都该是一种对人生积极地觉悟与意识。但,三十岁的我们,更需要往前看的人生,需要用一个沉甸甸的十年激荡起生活与事业的浪花,需要面对人生沉浮时一份挥斥方遒的练达与不羁。当然,我们仍需要带着一点孩子气,这种孩子气不是不谙世事的天真与幼稚,而是洞察世事后的豁达与洒脱,是漫天冰雪中的娇红一抹。

往前看的人生,少了几分自我满足的慵懒和悲愁过后的沉沦。繁华浮生,功名利禄,舍得放下;大义大德,悯人悲天,懂得拿起。爱与被爱,一样惊喜、一样幸福。得失成败,一样值得庆幸、值得咀嚼。往前看的人生,是被孩子们紧紧攥在手心生怕会从指缝中溜走的糖果,时间被小心翼翼地瓣成一分一秒,我们在一分一秒悄然流逝的光阴中倾听生活的声音,触摸生活的炎凉,在生活的甜酸苦辣中哭着笑着却依然倾心去享受。

往前看的人生,似平静海水下涌动的激流。视线所瞩,无垠天地间永远的永远,前方的前方。

又见法国梧桐

清晨,公交站台候车。

常去逛的一条街,也许是过了上班的钟点,街对面的路人,行色匆匆的不多。很喜欢这样缓缓流动的生活画面,且这幅画面,又是以秋为背景。秋天的颜色,或者更像西方的油画吧,静谧厚重中透着几分寂寥。人和车像慢镜头一样被推进,缓缓呈现于眼前,又渐次从视线中隐去。

在这样一幅闲适的画卷里,无意间瞥见,这条街上,竟然间隔着栽着梧桐,这真是一个令人欣喜的发现。喜欢梧桐,是因为童年的记忆里,矗立着一棵枝繁叶茂的梧桐。家门前的大院里,它的果实被孩童们当做混战中投掷的子弹;浓郁的树冠下男孩女孩扎着堆儿在泥土上用小刀画着道道抢占对方的领地;而我则喜欢站在家门口,微扬着头看它稠密的枝叶间泻下的缕缕阳光……前年去了趟武汉大学,除去缤纷飘落的樱花,让我念念不忘的就是那一棵棵高大的梧桐了。

小时候,母亲告诉我这种树叫法国梧桐,可至今也没弄明白,"梧桐"何以被冠以"法国"二字。不过,这倒是给我留下了美好印象。想来这该是一种有着浪漫气息的树吧。秋风起时,泛黄而微卷的叶片在阳光下晃动,像极了抿嘴微笑的金发少年。他是在偷偷地向你传递一份情意吗?

以为我所在的小城,梧桐树是很少见的了。当然,并没有刻意地去找寻。但可叹的是,在常常走过的街道,我竟无视它们的存在。那么,我的心和眼又是被什么填满了呢?一味地向生活的别处找寻美和纯真,却忽视了身边的梧桐。就像人生中交错着的大大小小、远远近近的目标以及名利的搅扰,沉浮间却让我们失去了向真、向善、向美的心灵方向。

找个时间吧,漫无目的地走在街头。也许,在街的拐角,不经意间,撞见生命中初恋般美好的记忆。

所谓伤感

　　伤感，也许是自己为自己的情绪所燃的一炷香，灵魂在飘散复缭绕的烟雾间弥漫，不依不饶地向着断瓦残垣般的记忆寻找慰籍。为了已经逝去的，为了不可得到的，为了无力改变的，为了人生际遇中曾经的交集和错过的期许。

　　孩子没有伤感。孩子的世界有的只是明快的橙，清新的绿，热烈的红。小人儿的心，是玻璃的透明，水的纯净，哭和笑，简简单单的两种表情。老人们也无需伤感。一声叹息的音量，一颗泪珠的重量，或许，还不足以写意生命的厚重。伤感大抵是成年人的奢侈品，用来炫耀或者点缀生命中不可承受之轻。

　　那么，亲爱的，告诉自己，伤感，只可以是一炷香的感怀，香燃尽，仍需还复明朗的心。

累了

　　也许，人总是为复杂的欲望自缚。在心里装着太多想的人、想的事、想要的结果和未来，满满的，竟让自己不能呼吸、不能痛痛快快大声地笑或者哭。甚至自忖着，在犹豫中前行，即便不是最好的方向或最正确选择，只要不曾停歇和气馁，总会有方寸间的所得。可是我们在追求欲望的满足的时候，却把心丢弃在一边，忘了问问它真正需要的是什么。

　　突然想到这样一段话，"但若你往他们的深处看，他们不是别的只是乞丐。他们甚至没有尝到一点生命的味道。他们不知道生命是什么，爱是什么，光是什么。他们对神一无所知，他们没有品尝过存在的任何东西。他们不知道怎么唱歌，怎么跳舞，怎么庆祝。他们对于生命还没有入门。"

　　是啊，也许早就该放下些什么，当我们感觉

到累的时候,当我们惶然不知所措的时候,当我们为无所得而哭泣的时候。虽然我们还不知道,是该让一切结束还是让一切开始,或者是让开始结束还是让结束开始。但,这都不重要。重要的是,你看到了你的心的存在,它需要爱,需要光亮,需要为生命的哪怕是残缺的美丽而唱歌、跳舞和庆祝。

秋之记忆

1

每个人都属于某一个季节。

就像人的复杂的个性心理中，总有一种或明快或凝重的基本色调。无论画布上抹着多么繁复的色彩，亲近的人总能一眼辨出那个属于你的色彩；而不那么熟稔的人，也能循着感知的脉络，透过与你的相处，触摸到那个颜色；而你自己，总会在自觉不自觉地的一个微笑、一句话语中，流露出那个季节的气息。哪怕是天之涯、海之角、云之端，那份气息都将追随着你，抚慰着你，如氤如氲。你缱绻在这样一份气息中，宛如躺在母亲臂弯中的婴儿，安然而脉脉。

2

秋是我的基本色。

天高云淡时的明快爽朗,无端的秋风秋雨的忧愁,更少不了几分春的孩子般的活泼,和些许冬的冷寂。

总是告诉自己,多好啊,在这张属于自己的画里,浓艳或者素淡,笑或者哭,我们画着自己,喜欢着自己的喜欢,爱着自己的爱,追求着自己的追求;或者不是那么如意,我们说着不愿说的话,写着不愿写的文字,爱着不爱的人。可是这又有什么呢,至少我们还握着画笔,我们还可以在四季的轮回中行走、歇脚、远眺……

3

南方的秋,晴好的日子居多。这个季节适合出游。三五好友,踩着单车,几步便踏出嘈杂的城市。

春的旖旎,总是散落成一树梨花白,或者一抹桃花红,点点处处,不避人眼,躲是躲不过的。

而秋不枝不蔓,不语不喧,眼睛所寻着的秋和心里感知的秋,隔着几个层次。所谓春情秋思,春是动之静美,秋是静之跳跃。秋的寥廓明净,原只是心境的呼吸与吐纳。

4

浓郁的桂花香,即便是浓郁,也是不肯轻易将自己的香气远远漾开的。却只在你经过的瞬间,款款与你邂逅。

这也像极了秋的性格。

满眼的秋色,不低眉顺眼,也不自赏孤芳。不为着谄媚而低垂,也不为着艳羡而高企。只是自在的成熟或者沉思,自顾自地秋实满枝、落蕊遍地。

5

秋天适合散步。白天或者夜晚。

与爱的人挽着手,与温暖而熨帖的秋日挽着手,与微凉而静谧的秋夜挽着手。

心情散淡而闲适,步伐不急又不徐。

走多远都没关系。或者哪怕一步也不走,就在桂花香里沉醉,就在湖柳枝下卿卿。

那些近了又远了的,远了又近了的,是秋,还是爱着的人……

6

一夜的风,摇落秋雨微凉。

这份微凉,恰是适合秋的思绪的。理性的冷静修剪着诗性的枝蔓,诗性的浪漫又柔软着理性的深邃。

于是,一切可知的和不可知的,一切可触摸的和不可触摸的,那些记忆,伤痕,温暖,爱,吻,走过的路,伴着微凉的秋雨,又滴滴落下了。

7

如果爱,总愿在彼此的心里刻下印记。

就像无数次摩挲着打开的书页,折过的印记,划过的印记,墨渍的印记,手指的印记,茶水的印记。哪怕是伤痕,却是因了喜欢,因了爱。

　　为了来世还能寻着你,我愿,在你心里,刻下秋的印记。

　　红如秋叶,墨如远黛,深邃如秋水,灵妙如秋心……

春的呢喃

　　——春的晴日和雨雾都是我喜欢的，这份喜欢是因了一份深深的爱。

　　春的气息里总是裹夹着醉人的芳菲，红的、粉的、紫的，最喜欢的却是那精妙呈现、深浅不一的绿，它像极了少女喜悦而娇嗔地润开着心事，或浓或淡。而在绿的草尖枝头上剔透着的水珠，便是那默默含着情的秋波。

　　鸟儿啁啾着从枝头飞过时，那秋波，便又明晃晃地一转了。

如果只是梦

常常在梦中醒来，然后被想做某件事的狂热折磨着。在这样一片沉寂的夜中，我却仿佛在排演一幕话剧，甚至怎么说、怎么做、怎样微笑的每一细节都设计好了，然后定定地下了决心，想着这件事明早醒来笃定是要去做的，不知何时才又沉沉睡去。只是第二天醒来，半夜的决心已不复存在。

可恶的白日，总是让我如此清晰地看清真实或者真相！褪去黑夜性感的外衣，是裸露的丑陋和真实的恶吗？而夜的燃烧着的激情，在清明的白日，又总是无端地被嘲笑和冷落，燃成灰烬。

如果只是梦，倒也罢了。只是这样一个黑夜里的真实，为何不肯在白日证明它的存在，哪怕用留在眼角浅浅的泪痕。

最怕是醒着的梦啊。看得见黑夜，看得见未来，却看不见自己。

完美主义及其他

潜意识里，完美主义是一个贬义词，完美主义者也总是活在不断自我苛求的束缚之中。

如果说人生就像连绵起伏的群山，对于完美主义者来说，生活恐怕是从一个山头到另一个山头不肯停歇的攀登。总是给自己太多压力、设定太多目标。无休止的欲望，无休止地填充欲望之壑，执着着、认真着，倘若无所获，便尤人怨天，便郁郁寡欢。

不想做完美主义者，只想拥有一座山。也未必要站在山顶，因为山谷有山谷的景致，半山有半山的风光。人生之路，些许无法拥有与获得的遗憾，反倒是留下更多寻味、珍惜与期盼。就像中国水墨画的留白，不为即为，黑白二色，方寸之间，总是给人无穷的想象空间。

只是多半的人、多半的时候无法做到。

以我为例。很多时候就像一个羞赧但又肯

用功的孩子，倾心付出和投入了，便总想收获正面的肯定，或者是亲朋的惊羡，或者是师友的赞许。自我的肯定往往源自于他人的肯定，自我的满足往往首先是愉悦他人的满足。如果这样的满足得不到，委屈和泪就下来了。

又想到了其他。

食色性也。欲望是天性，自不必苛责。只是沉浮于现实生活的种种，声色犬马，光怪陆离，往往自觉不自觉地放大和凸显了原初的朴素欲望。就像左拉在《娜娜》中描述的场景，"当娜娜肆无忌惮，赤身裸体地出现在舞台上"，"她的最细微的动作都能煽起肉欲的火焰，她只要动一动小指头，就能使男人们蠢蠢欲动"。

嘻，弱水三千，只取一瓢饮。何其难！而用卑微的心擎着朴素的欲望，想来是需要更多的理智。

记忆

　　记忆是个奇怪的家伙。你对它呼之即来时，它便挥之不去了。幸福时它骑着快马来，忧伤时却乘着破车离去。

　　记忆是心底最浅又最深，最清又最浊的泉眼。多希望它汨汨流出的，只是无尽的爱和幸福。可总有那么些伤感的落叶和低回的云朵，打着旋儿不肯离开，映在心里不肯散去。

　　一段记忆就是一枚书签罢。你准备把它夹在哪儿呢？

　　记忆是流连，是匆匆；是徘徊，是飞逝；是黑白，是绚彩；是一圈又一圈的华尔兹，是一个又一个的缄默。记忆总连着些什么，另一个记忆；或者，另一场生活。

它何曾离开,何曾走失过。甚至,它何曾来过,何曾有过。只是一个幻象罢,一个真切的幻象。你的喜怒哀惧都曾连着它,如一枚石子入溪,心动,又复归平静。

如果我们有一个天平,一边放着记忆,另一边,该放什么呢?

怎样使你明白呢? 我从不是我,我只是生活的倒影。痛苦时我不能少一分,快乐时我不能多一分。如果你要单单将我掬起,储在快乐的盒子里,恐怕,你掬起的只是失望。

菊花复又黄了,记忆呢,是青是黄?

我会用一个单独的格子,藏着这份记忆。然后又将这个单独的格子,藏在记忆里。

记忆敏感而又多情,你总是小心地牵着她的手。她笑,你也笑;她流泪,你也流泪。噫,你也变得和她一样敏感而多情了。

我不曾丢弃过任何记忆,可为什么,想起你时,记忆却不在了。

记忆是善之花,也是恶之花,只问你播下的是什么种子。想要你的生活多一些快乐的记忆,那么,播种快乐吧!

把记忆敲碎了,却映出更多的你。

栀子花开

　　我是不太关事的人。直到那天母亲透过厨房的纱窗，指给我看那繁茂的绿叶间躲闪着的白色花苞，我才又恍然间想起，这盆浓浓的绿，是一直在窗外陪伴着我的。此前思绪里零星泛着的对栀子花的印象，不过是刘若英在《后来》里唱到的，"栀子花白花瓣，落在我蓝色百褶裙上。爱你，你轻声说，我低下头闻见一阵芬芳。"

　　也不知道自己怎么就疏忽怠慢了它。也许栽在盆里摆在窗外，平白无故地产生了与它亲近的距离。若是自家的小庭院里栽着这样的几株牵绊脚下，晨曦黄昏、时时处处不避人的视线，总免不了慢下脚步，替它松一松土，锄一锄草，摘去几片黄叶，嗅一嗅它的清香。

　　悠悠想起了儿时家门外那些树，以及稍远处的一方水塘。梧桐、苦楝子、"高鼻子"树下的打闹嬉戏；捕蝉，扑蝶，跟着被我们抓来的、用细线绑住了脚的、被唤作孙悟空猪八戒等等名号的金龟子飞奔,在习习夜风里追赶流萤……

彼时的我们,总归给回忆留下了童真野趣,点点如心尖儿上开着的甜蜜的花。而此时久染尘俗的我们和稚气的孩童,更向何处去寻这山野之趣、劳作之"苦";觅那"百草园"里抓蛐蛐、荷塘柳边听蛙鸣的快乐时光? 或者,自觉不自觉地,我们已忘了向生活里寻觅生活的真味,我们"活"着,却了无"生"气,毫无"生"趣,却对"生"熟视无睹。

对自己说,记得常去看看窗外静静开放的栀子花,吮吸空气里"生"的味道。

心灵感应

1

爱着的人，总是为自己流波一转的心念能为对方明了而欣喜万分。这句话，便是我要说的；这件事，恰是我要做的；于是叹道，这便是爱了吧，因为爱的人总是渴望彼此的灵犀相通。只是那么在乎彼此的两个人，片刻分离也不能忍受的两个人，多少是会小心翼翼地去揣度对方的心思的。或者我们也常说，我们总是喜欢那些喜欢我们的人。那么彼此喜欢上的两个人，有一些共同的追求向往也就不是那么奇怪了。

智者说心灵感应的事之所以能发生，两个人必须有共同的价值观才行。这便不单是流光一闪的灵犀相通了。恰如舒婷的《致橡树》里的那一句，"叶，相触在云里；根，紧握在地下。"共同价值观的形成必须历经岁月的磨砺，而不只是随风而遇的叶的相触。只是造化弄人,在我们自觉不自觉的努力、自觉不自觉的逃离的状态下,它或者为琐碎的日子所埋汰,从而失去它应有的让人惊喜的光泽;或者根本就是背道而驰;而稍好的一种,便是能在欣赏对方的同时坚持自己,或者哪怕有不同,却也只是用了不同的表达方式。

叶,相触在云里;根,紧握在地下。这或者便是心灵感应最难企及的境界。

2

心灵感应的事会有发生,我以为,不是什么神奇的心灵相通,或者单纯的感性触碰,而是感性上升为理性后必然的感性反应。所以,心灵感应发生的第一个必然条件,便是在生活中感知,感知对方情绪的细微变化,包括她(他)的喜怒哀乐,感知她(他)的关注与兴趣所在,并能用心去体会和分享,就像走入一片属于她(他)的花园,却发现那儿也种植着你喜欢的植物。而被关注和被感知的另一个,亦能以爱和微笑无私地回应,犹如细石与涟漪,被爱与爱,也许从来不需要刻意地分出彼此。

精神和内心世界越是丰富、复杂的人,对情感质量的要求就越高,对人际关系的微妙变化也特别敏感。所以心灵感应实在是情感丰沛的爱人间努力探寻对方内心世界的结果。他们彼此尊重、相互欣赏,并愿意为弥合彼此的精神差距而付出,但这份付出又不仅仅是为了弥补缺憾,而是要创造自己精神世界的自由、完整与丰富性,向对方呈现更为迷离美丽的内心世界。他们选择了不同的道路,却或许有一个共同的方向,所以,谁说他们不可能在下一个街口,心灵感应般——相遇,寂静,欢喜。

<h1 style="text-align:center">3</h1>

心灵感应总是为相爱的人所在意。一颦,一笑,甚或无来由的一声叹息,都要细细揣摩出深意。便等下一次,能鱼跃地接了话头,或者用巧妙的心思做了铺陈,而不至于再施施然扫了她(他)的兴致。

爱情是灵与肉的交织,我是赞同的。但是灵肉的比例,因人而异。冲动的肉欲或纯粹的柏拉图式的爱,总少了些什么。而感受彼此心灵乃至默契后的心灵感应,总让爱情旖旎生色。况若曲径通幽,点点处处,总有爱的印记。又如山水画的留白,看似无,胜若有。

所以,爱是一种努力,这番努力的对象是另一个人的心。心扉是半开半掩的,免不了一番探寻,一番捉摸。心扉是紧闭的,更免不了徘徊复徘徊。最无可奈何的,便是入得门去,却又被逐将出来。故而爱更要努力地珍惜。停留在心灵感应,只是猎奇。相处久了,这份姑且的新鲜可意,就变得做作而陈腐。

爱也罢,心灵感应也罢,我们总在努力。付出,牵挂,逃避,恨,或者放下,或者努力地去忘记。事实上,日久而生憎和日久而生情是一样的可能。那么,尊重才是最好的心灵感应。如初见时的莞尔,久处后的颔首,或者分开了,依然是一份似是故人来的淡然。

马克斯·舍勒说，爱与亲密无间、心心相印与携手共进，才是人生在世最深沉的基础结构。那么爱时的心灵感应，和弥久坚定的一份尊重，或者便是这"最深沉的基础结构"里，永远不可或缺的。

4

心灵感应的奇妙，在于它由爱情润生，又赋爱情以光泽。仿佛深沉的爱的湖泊里，因水波而活泼的软荇，因软荇而灵动的水波。它们是天使为爱情准备的妙不可言的礼物。

Tal在他的"幸福课"讲座中说，"爱情不在一周或一个月的环游世界中，爱情不在五克拉的钻戒里，这些东西是很美妙，也确实激发了幸福感，甚至激发了爱情，但它们不能维持一段美好的感情。能够长期维持幸福恋情的是细节，是那些微小的事情，是每天的生活常规，触碰，凝视，和共进晚餐。"

那么，那与软荇交颈的水波，那酥醉着俯仰的软荇，便一定是爱情的细节了吧。为此，我们用了持续的洞察力和细腻的感受力去捕捉，去耐心守候，甚至已然触摸到了美而柔软的它——像翩跹的蝶儿，却只是瞬间，它便又飞舞而去……

是的，心灵感应，那些最美和最闪耀的情感，只是片段和瞬间，只是可遇不可求的"天使的礼物"。而真正的爱情，那些"触碰，凝视，和共进晚餐"，那些絮叨，嗔怪，和不离不弃的牵手，那些"可遇并可求"的爱情细节，却会在几年、十几年、几十年，甚至一世的光阴里，永远泛着祥和的微光。

雨荷

晴日的时候，荷花盛开得热闹，不用招惹，自有人循着漾漾的一池荷香，去品那"映日荷花别样红"。我也曾在步履匆匆时慢下脚步，只是路旁熙来攘去的人群，搅得人无法入画入境。正所谓荷花不可怜，可怜赏荷人。

这回倒也不是特意去，只是路过，又下着大雨，不免有几分牵挂，于是绕了些路去会那荷池仙子。

远远望去，荷池四围见不到一个人，心中几分窃喜，这一池荷花今日便由我独赏了去。只是待靠近去，那风雨中飘摇的景象，让人陡生怜惜。一池或卷或舒、高高低低摇曳着的荷叶，尽管绿得逼人，却又透着几分清冷。因为不堪盛着的雨水的重量，被风吹得东摇西晃，全无了主张；平日里因为肥大熙攘的荷叶据满了整片池塘，荷花已然似姗姗来迟般立在荷叶的间隙中，全无主角的耀眼夺目,今日风雨中便更觉楚楚可怜:盛开着的多半被摧残得凋落了花瓣,见不到完好的形状,粉的、白的,颜色更似水洗了般的寂冷。半开着的也不再笑靥盈盈伸展婀娜的身段,只在荷叶下寂寂地张望;只有那紧裹着的尖尖的花苞,在细密的浮萍间处子般静立,与那嫩黄中透着青绿、幼童般仰着头的莲蓬相视无语……

　　风雨更紧了,阵阵寒意催我离开。回头望去,那含苞的粉蕊,亭亭立着,该是在等待晴日的怒放吧。这样想着,心中便有几分宽慰了。

青春——喜欢的秘密

相信每个人的心里都有一个隐秘的角落，哪怕是面对至亲至爱，也未曾敞露过。这里隐藏的或者是一个久远了的故事，或者是一段青春羞涩的情感，或者仅仅就是一个眼神、一句看似不经意的话。

记得高一时，班里组织十几个男女生一起排练大合唱。有一次练晚了，一个眼睛亮亮的男生顺道送我回家。在离家不远的一条灯光昏暗的巷子里，男生突然对我说，我真的很喜欢你。然后不待我反应过来，他转身就跑了。想来年少的他也是要鼓足了勇气才可以说出喜欢这两个字的。当这个秘密说出来，年轻的我们可能会有两种境遇：因为这份喜欢是真挚地潜藏在两个人的心底的，既然有一个坦白了，便会将两条思恋的小溪汇聚在一起，或者奔腾成激流或者静淌如渠水。还有一种，因为这份喜欢只是一方的一厢情愿，对方并无感触，那么这份表露也就有些唐突了，碰到生硬青涩的女孩，很可能两个人以后就不会再有交往了。可我们却两种都不是。因为一份坦诚表白了的喜欢而有些许莫名的悸动，那时的我便是这样一份感觉了吧。我依然把他当朋友，只是比一般同学多了一份幽幽的眼神的关注。然而这份喜欢并没有跟随着岁月的波流淌前行或泛起更多的水花。它像一颗光滑的石子，被一个调皮的男孩投向安静的湖面，荡出一圈圈涟漪，然后就那样不吵不闹地停留在那里，而湖水也很快恢复平静。

　　还有一次，是高中快毕业时，收到一封情信，是某个男孩趁早操时间塞进我抽屉里的。那封信如今已不知去向，其间的词句也早已忘记，只记得是非常隽秀的笔迹，还有就是文末用拼音首字母署的名。至今我都猜不出那几个字母对应着的"作者"是谁。不知道男孩的本意是打算不让我知道还是希望聪明的我能心有灵犀地感应到，只知道我曾为这份姓名不详的喜欢而有几分青春的惆怅和浅浅的欣喜，只知道原来喜欢是可以这样默默表白无声牵挂的，只知道原来喜欢也可以就是一个人的事，只知道原来青春的我们可以把喜欢写在纸上，折成飞机，飞向未知。就像我曾偷偷喜欢与我目光对视时总是满脸绯红的那个男孩，喜欢透过窗户照进教室的那一束阳光下数学老师那张充满阳刚的脸……

　　青春时的喜欢，该是一种细小纤弱、自在生长的花。哪怕稠密地爬满心房，也不必慌张，因为它的清香只会在这一季悄悄释放，因为这份喜欢让年少轻狂的心第一次体会到甜蜜的忧伤、空灵的沉重以及那许多人性的美丑。只是不可以让它在你还不够肥沃的心壤里长成大树而遮蔽了心眼、抽空了一切。相信吧，当有一天蓦然回首，那些青春的秘密，会像流萤，在我们记忆的草丛河畔，闪闪发光。

清净

昨晚坐动车到了湖南师大，住下后和友人欣赏了一下校园。我是不记路的人，在清净的校园，绕来绕去，恍若学校是夜空下的迷宫，又因为所处是一个完全陌生的环境，心竟有一丝慌乱。给我安定的是静静伫立着的重重树影。是香樟吗，只能若有若无地闻着它弥散在夜空下的气息。而脉脉相视的是一盏盏泛着柔和光晕的路灯。嗅着潮湿而芬芳的空气，打量着夜色下默默无声的建筑，想起自己读书时的经历，不禁叹息很久未有这样的清净。

喜欢校园的清净。是风来不扰的树的清净；是鸟飞不惊的山的清净；是足过不喧的路的清净；是得失不语的人的清净。这是校园应有的一种别具的味道。只是说到味道，又总会让人想起俗世凡尘的功利气息，铜臭气息。清净应当是清清淡淡、无臭无味的。散淡不拘，似流水、似飘萍;放浪形骸,似闲云、似野鹤。然名利之下,守得住清贫,耐得住寂寞,静得下心来读书明理著文章的又有几人。

　　也许纷纷扰扰的不是世相,庸人自扰之而已。

　　也许这块清净之所,离我们不远,心静,心净,则一叶、一花、一草、一木,皆可为清净。

刺痛

近一个月没有动笔。起初就像正看着一本书，因某件事而打断了，隔了几日，书覆上一层灰尘，便也意兴阑珊，不愿去触碰了。

后来却仿佛是在刻意躲着什么，逃避什么，是自己的心灵还是情感呢？不愿花气力去想这桩事，也实在说不清楚。忽记起自己曾写过的一句话："似乎很久都没淋过这样的雨了，却仿佛我们拥有的也并非满满的晴日。"是的，那个时候的我，便处在这样一种非晴非雨的状态吧。

再后来，便有些宿命的嗟叹了。安排生活或者被生活安排，掌控命运或者为命运掌控，而我们又最终逃不脱时间的牢笼，跳不出历史的图圈。喜怒哀乐、人生百味之后，便是不去抗争，便是束手就擒；便是不去咀嚼，便是食之无味吧。

最后，便陷入生活的钝觉了。而最可怕的便是这种精神、思想的木然与停滞。

就像坐的时间长了，身体会麻木。我终于尝

试着换一种姿势,只是我发现,无论换怎样的坐姿,都不会有太久的舒适感。是的,我必须站起来,甚至跑起来,才会在流动的空气中寻找到新的呼吸。是的,哪怕不小心跌倒、哪怕奔跑中暂时被甩出生活的正常轨道。当我重新找到这种刺痛的感觉,才找到了生活。

离歌

爱存于俗世，方可长久。如汪精卫与陈璧君，虽然在汪看来,这份情爱只是同志之谊,只是患难中友爱的珍贵，甚至婚后璧君跋扈的爱已然成为一种桎梏。但它毕竟沾着人间的烟火，有子女绕膝，有众人瞩目，有责任担当，哪怕龃龉,哪怕恶言相向,哪怕无情无欲,这个家也是无法轻易拆散的。更何况，汪深陷囹圄时,璧君于汪有恩在先。其富家女身份于其时汪的政治前途更有着或多或少的干系。念及这些,汪对陈便奈何不得了。

而若汪精卫与方君瑛，其情爱并不为世俗所容,便哪怕是天造地设的神仙眷侣,于此状况下,也只可成就一段情怨。汪对方的情深缱绻,自不必说。但终究他是不可能为方断了仕途、毁了家庭的，只有叹一声无可奈何花落去。而君瑛，爱得深，便也只会因爱的深，而成全汪道义上的好名声。正如她所言，"你是隐不了信，埋不了名的，何况国事如此，你还有责任，于公于私，都不能够退隐！"所以汪方之间，有的只是痴男怨女的才情酬唱；有的只是卿卿我我，天易见、见伊难的苦情；以及那期期艾艾、恨不相逢未嫁时的嗔怒。

"爱情寄托，最宝贵能天长地久相知相维，又岂在朝朝暮暮共枕厮守。"

"我是爱你的，知道你也爱我。可是却被现实环境所限制，我常常很痛苦。我想，你虽然参悟了佛法，内心又何尝不痛苦呢？"

"意密行疏自幼闻，情深更厌雁离群。人间多少双飞侣，未必如侬切念君。"

"我的自误，只有怨天；你由我误，却不怒我。我粉身碎骨，也不能报你于万一了。"

"叹天下有情人，都难成眷属，是前生注定事，已错过姻缘。"

"天可荒地可老，我对你的爱，即是死了，也是永远不已的。"

唏嘘哉，汪与方交往时的告白，哪一句哪一字不是情深款款，直至愁肠百转的君瑛不堪璧君的当众凌辱殉情而去，直至多年后汪将对君瑛阴阳两隔的思恋转嫁于与其酷似的施旦。只可叹，君瑛的爱，付了不可爱之人；只可惜，相逢时，爱已是写满凄清的离歌。

有时候

　　有时候,总会有这样的经历,听一曲歌,却不经意地潮湿了双眼,唤醒许多记忆。于是回忆就像那康桥下的水草,随着那潋滟的柔波,兀自招摇着,轻易俘获那颗满结着愁怨的心。而过往,铅华洗尽后的过往,在寂寂的此刻,便又像那青草更青处的漫溯,永远寻不到靠岸的地方。

　　有时候,总会有一些文字,能让我们慢下飘忽的思绪,驻目,沉思,轻声地吟哦。就像迎送不断更迭着的季节里春的繁花、秋的落叶,变的是岁月,不变的是生命善真的本意。就像轻抚琴箸,如银月光下流水般四泻的音韵,总有那么一段,穿越了时空,遥遥寄向心的天宇。

　　有时候,总有这样一个人,悄悄攫住我们的心,如温厚而细心的银匠,将你的心事淬了又淬、拓了又拓,用一生的岁月轻敲细锤你多情的眉眼、微翘的嘴角,再小心地摩挲,细细地端详。这份百转千回的情爱,便如云般聚了散,散了聚,展延成易老容颜里不老的爱情。

觅

　　我以为雨雾寒风,较之晴天丽日,似乎更适合这样一次"寻幽山水,寄畅禅林"的访游。当道路两旁渐次退去的一树树深红浅黄的颜色,将视线与思绪悄悄引向一个越来越近的未知,我轻声问自己,此去洞山,是要觅一处远离凡间尘世的清净之所吗?

　　现代人喜欢在山水自然间寻觅文人墨客遗下的喜怒哀乐。当古人泼历史与文化的笔墨于自然,将逸致闲情或去国离乡的感怀寄付于生生不息的山水,今天的我们,也就得以欣喜而畅快地吮吸其间所散发出的人文气息。只是,自在自然与人化自然的较量一直在跨越千古的悠悠时空间无声进行着。人类以自然之笔孜孜以求地书写着社会历史,自然却在以星移斗转的神力悄悄溶蚀着人类文明。就像塔林与石碑上渐渐风化而斑驳的字迹。

或许唯一可以值得骄傲的是,今天,当我们置身于历史的厚重沧桑、浸染于山水禅林,有形的肉身总是无限地变小以至于无形,而无形的精神却无限地放大,思接古今以至于无穷。而那参天古树、通幽石径、拙朴禅林、肃杀庙宇、袅袅往复的梵音佛唱,也仿佛在一次次透析着我们的灵魂,一遍遍地提示着我们,便将悲喜离合、将一切物欲遗忘在这片天地吧,无处寻觅,不去寻觅。

　　"切忌从他觅,迢迢与我疏,我今独自往,处处得逢渠。渠今正是我,我今不是渠。应须凭么会,方得契如如。"一千多年前,手持锡杖云游四海的高僧良价经过洞山葛溪时,睹影彻悟而得道,写下一颂千古的《逢渠偈》。禅,将其对宇宙生命的顿悟而得到的微言大义,植入过去、现在、将来三维融合的历史时空,植入我、他、社会三绝圆融的精神土壤,引领着纭纭众生朝着自觉、党他,朝着极乐净土虔诚而去。就像此刻,当我抬头仰望那高耸入云的树冠时,仿佛望见的并不是它的繁枝茂叶和笔直矗立的躯干,而是那不老的树的灵魂。是的,树正以它荟萃神明的魂灵与我卑微的灵魂遥遥对望。不知用多少个百年,它才可以以这样的距离俯瞰众生,以这样的高度触摸苍穹?又不知要入得怎样的禅境,我才可以从云端俯视自己的灵魂。当我这样想时,又暗笑自己依然是不远迢迢地以"我"去度苍生万物,却是渐行渐远,背离了禅宗忘"我"而悟道的真义。

　　人生何处不青山,何处青山不道场。觅,此去并不遥远。

月夜

秋的傍晚,刚刚还有暖暖的阳光熨贴着,转眼间暮色便在小岛上弥散开来。行人渐渐稀少,我却不愿离去,只为赏那江上的夜色。记忆里似不曾有在这岛上赏月的经历,今天也不是有心而来,只因逗留太晚,忽见波光粼粼,月色如银,便再也挪不动步伐。

岛由沙洲积聚而成。在这生生不息的江河之上,它便是一只深情凝望苍穹众生的佛眼吧。古时候,沙洲两岸曾也是商贾云集、游人如织,更兼烟花柳巷、风情几许。但我更愿把它喻为一叶扁舟,轻灵地泛波江上,主宰着浮沉;更固执地据守一方,任时日如驶。如果要把它拟作人,那便只能是曾在这洲上结庐为舍苦读诗书,尔后金榜题名的唐时状元卢肇了。岛因卢肇而名"状元洲",更有一个诗情画意般的景致——卢洲映月。

只是，赏月不该在深秋啊。深秋之月多半清冷，哪怕月圆，与水波中的孤影遥遥相望的，也只是盈盈的寂寞。今夜这清冷的月光，照着卢肇茕然独立的石塑，照着河堤上婆娑的树影，照着那不息流淌的江水，再与那江岸上霓虹般闪烁的灯光对望着，更免不了让人心生凄寂。人们常说月华如水。这水，如默默清渠，如纤纤素手，洗却的是似锦繁华，如析如缕捧出的，却是挣不脱的更深更切的愁绪。

　　"谁人得似牧童心，牛上横眠秋听深。 时复往来吹一曲，何愁南北不知音。"卢肇的一首《牧童》，羡煞了古往今来多少悲秋之士。是啊，当月亮无声地和着那秋虫的鸣唱，繁华一边，寂寞一边，你又在哪一边呢？

春之轻吻

　　春是不适合回望的。对春的爱,远不似秋的深邃。倒更像稚子的情怀。含着些天真的向往和一些不切时宜的幻想,甚至想到它,便会在心尖儿上响起一些欢快。是了,它只是刚出发,只是满心的轻松,哪来那许多的回望呢。它又只在你的前方轻快的啁啾着, 跳着一些引人发笑的你也不知道什么名字的舞蹈。于是你的那一些个哀怨,竟似那薄薄的春光,或者那薄薄春光下促黠着的露珠,也带着浅浅的笑了。

　　春是不适合记忆的。这儿一丛,那儿一簇。你又怎记得清哪一处是浅青,哪一处是新绿。它是一幅才画了几笔的画,或者才写了几句的诗。是了,它哪儿能经久地呆在某一处。它总是逗逗这个,又玩玩那样。总是才惹恼了湖心的漪,又怪罪了柳浪的莺。于是,你总要笑它的顽皮或者贪耍,笑它的不肯用功。可是你又忍不住要赞叹它的天才——它的画里的生机，或者它的诗里的才情，哪怕才只是寥寥的几笔或者几句。

春也是不适合深爱的。深爱总有太多沉重和感伤。而我们只要最初的相遇。只要相遇时那许多的欣喜，许多的甜蜜。只要轻松的拥抱或者浅浅的依靠。只要留下点点桃红的贴着脸颊的轻吻。只要把指尖放在它的手里，再提着轻纱似的裙裾，一场又一场欢快地舞蹈。至多是一些儿埋怨罢了，而一些娇嗔的埋怨总是不打紧的。是了，我们被彼此的热爱感染着，被彼此的欢乐感染着——哪儿有那许多功夫去埋怨。

暗流

　　不是无来由的烦闷。仿佛有一股暗流在心中涌动,忽而剧烈,忽而迟缓,忽而忧惧,起伏难定。起初的兴奋持续了三两天便了然无几。因为这个在旁人看来值得庆贺的结果并不可以带来我想要的改变;这个结果,我曾经盼望着经由它可以得到的另一个结果,迟迟未出现。或许,永远不会出现。

　　绝望也是一种极致的美吧。在心中涌动,让人窒息,瘫软,无法动弹。

　　有的时候,不是我们不曾努力或不肯付出。哪怕孤军奋战,哪怕破釜沉舟舍了性命。只是仿佛落入的是泥沼,愈挣扎便愈陷得深,便越加快地接近死亡和绝望。想画出在心里描绘了一遍又一遍的图景,当我们身心俱疲地停下手时,却发现原来自己拿的是一只无色的画笔,无论怎么用心,这幅图画都没有色彩和生气。

　　种子撒在沃土会长成希望,落在沙漠便永远是失望。

舍不得

1

　　弦子的歌，最喜欢这一首，《舍不得》。

　　如果爱，总该是舍不得的吧。舍不得开始，舍不得离开，舍不得忘记，舍不得放下。

　　记起汪静之的两首小诗。

　　"你该觉得吧——
　　仅仅是我自由的梦魂儿，
　　夜夜萦绕着你么？"

　　"风吹皱了的水，
　　没来由地波呀，波呀。"

　　是啊，若不是你这恼人的风，若不是你让心动，又怎会有那无来由地波；又怎会在全部心思里密密织着思恋;又怎会有那痛,却不吟,却舍不得。

2

午后,躺在床上,正好看见窗幔。

秋的日光流淌在厚厚的窗幔上。透过窗幔的,是均匀的光亮。深绿的窗幔便成了柔和的黄绿。

那逝去了的时光,那些一起走过的日子,便是这样一种静谧而温情脉脉的颜色吧。

而此刻内心的静美,此刻如檀香般默默生起的情愫,同样舍不得,它就这样流走。

夏

在夏天的心理咨询师培训班认识了夏。

夏混在我们几个比他大的姐姐堆里。他说青的形象气质像中共地下党，姝像国民党女特务，我们都笑了。因为不熟，我忍着没问他对我的评价。我只是很奇怪他怎么不去找那些个年龄相仿或更小的妹妹们。是因为自己其貌不扬，还是其他？后来我才隐约猜到些原因。说实话，对夏的第一印象不怎么样。长得有些离谱的头发，长得有些离谱的指甲。或许是我习惯了别人的奉承，搭讪时他时不时的抬杠，也让我很是不快。

但心理学课本上说，在印象的形成过程中，人们往往会忽略一些次要的、对个体意义不大的特征，而仅仅根据几个重要的、对个体意义大的特征形成对他人的总体印象。开班后，培训班要求每个学员上台做自我介绍和才艺展示。让我意外的是,夏在台上张弛有度、侃侃而谈,现场气氛调动地相当到位,他收获了与他的瘦小外形完全不成比例的掌声和尊重。我好像是从这个时候才开始认真地去认识夏。此后几乎延续了整整一个月的培训,也让我对夏的好感一点点增加。

夏很热情,每天早早地为我们占着座位,主动拷给我们他从网上搜集到的复习资料,把他收藏的几百本电子书拷贝刻盘送给我,陪着不愿跑动的我到办公室领书拿资料,时不时地带些零食给姐姐们。一天,我实在忍不住,半开玩笑地告诉他该理理他的"艺术家"发型,也该把小拇指上的长指甲给剪掉,否则没有女孩子愿意和他交往。第二天他果真面目一新地出现在大家面前。

有一次听课,他出去接了好几个电话。回来后叹着气说妹妹又找他借钱了。这时才知道,夏是农村孩子,家境不好。用现在时髦的话说,是"贫二代",是典型的"凤凰男"。虽然夏很努力,教书,兼职为企业做项目、培训员工,收入不差。但是老家建房子,弟妹结婚,自己读 MBA,这事那事,赚的钱似乎怎么也填堵不住血盆似张着的窟窿。

不过,夏很自信。学员的结业晚会,夏说愿当主持人,并要和我搭档。"我们的身材怎么配!"我心里早嚷嚷开了,却没好意思拒绝。经历这么多,他大概已习惯别人的轻视和误解了吧。

在舞台上我们的配合还算默契。一台自娱自乐的晚会,拉近了我和夏的距离。夏说我的气质像民国女学生,我笑了。以后他姐姐长姐姐短的叫着，我也觉得亲切自然了。

培训班结束后，我们经常会在网上聊聊天。偶尔夏还会打个电话来问候一下，不免也聊到他赚钱的忙碌与辛苦。他说，这么多年来一直为家里出力，该为自己的未来好好计划和盘算了。我听着有点心酸。

放假第一天的晚上，我在网上给一帮好友留言——宣告幸福假期的开始，也给夏留了一条。夏回复了。扯了一阵家常，我告诉他假期打算和家人去海南玩。夏说，很羡慕。然后淡淡地说，"姐姐，农村出来的孩子压力真的好大。很多时候，明明我一年的收入比同龄的同事收入多一半以上（加上兼职收入），生活过得艰辛，却总入不敷出。"

原来那天，因为钱不够，夏不得不放弃了学校团购订房的机会。仿佛鼓噪了长长一夏的蝉鸣，在某个秋风起的日子突然失音。

夏的情绪很低落。

我说了些劝慰的话。夏说，"其实，我觉得我参加这个心理班，认识姐姐，是一个很大的收获；真的，我是长子长孙，父母又朴实，从小，叔叔们也都把我当成大人，经常与我商量事情；一直习惯了做哥哥，做大人的那种责任感，有时候会觉得心累。"

我说我愿意成为一个很好的倾听者。

夏又说自己愿意吃苦，也从不担心自己的未来会过得很差，只是有时候心理会有不平衡，会觉得命运不公，会觉得委屈。

是的,夏,命运真的是"厚此薄彼",有些人打生下来就衣食无忧,有些人辛苦一辈子却还是餐风露宿。不过,命运的"厚此薄彼"又未尝不是相对的。命运给了你生活的重负,却让你的肩膀磨练地更为宽厚;命运让你在无法获得时痛苦,却让你更加珍惜仅有的一切。

我说,夏,不论贫富,不论长短,命运给了我们每个人一辈子,这就足够了。

夏给我发了一个微笑的表情。

两天前,我们的心理咨询师考试成绩出来了,我和夏都通过了。

突然想起曾经读过的一句话,"对于生活,且将痛苦看作是无可避免的,但将快乐看做是意外得来的"。

把这句话送给夏。

注:仅在自己的写作中记叙过为数不多的几位朋友,夏在其中。通常,因人而事,或者因事而人,都可以让我们有兴趣写一个人。夏似乎两者都是,又两者都不是。也许,短时的相处不足以让我对夏有周详深入的了解,一事一遇,一感一悟罢了。之后的交往中我日益感受到夏内心的"骄傲"和待人的谦卑。这个"骄傲",是人人都想拥有却未必有的"骄傲",是夏最宝贵的财富。夏让我明白了一个道理,据"骄傲"而谦卑者,才算是真正的谦卑。在夏而言,他的"骄傲"并非勉力为之,而实在是一种自觉自信。所以,夏是幸运的——他的努力,创造了自己的幸运。

闻酒识女人

　　女人喝酒，容易被灌醉而出丑。这是男人不喜欢自己的女人在饭桌上碰杯的原因。对喝醉后犯些疯癫、冒些傻气的女人，好男人嗤之以鼻、侧目而视；好事的男人则很愿意有这么些女人借着酒劲说些出格的话、做些出格的事。当然，女人喝酒也有气冲云霄不让须眉或巧施手段一两拨千斤者，这另当别论。

　　记得琦说自己很喜欢微醺的醉态。所谓三分醉，七分醒，一条素净的裙子，酒便是那用来勾边的蕾丝，羞赧的添了些风韵和灵动，不羁者多了些温婉浪漫。我也体会过她说的那般状况，甚至如她一样"受用"，只是矜持着不肯道出自己的"喜欢"。她是性情中人，每每依着自己的脾气做人做事。如要委屈自己做些迎来送往、低三下四的事，便宁愿不做这单生意；而在酒桌上既不懂得推辞，也不管谁喝得多谁喝得少，却又从未见她真醉过。或许倒是这份气度和不计较赢得了一份欣赏，让男人们打消了"进攻"的欲望。又或许她的内心，装下的只是情谊，哪里还容得下酒。

其实我所以为的我们的喜欢，是这份微醺的酒兴能让我们直抒胸臆，自然活泼地流露些平日里不敢有的真性情。"李白斗酒诗百篇"是酒兴所至诗性的豪迈；卸下沉冗，"任性灵而直往"是人生的洒脱。当故交新友围坐一桌，因了心底默默的欢喜、因了这亲而不腻疏而不远的交情而文雅地喝一点，不纵酒、不买醉，这份融融泄泄，岂容轻易置身其外。

李清照伤春、惜春而写下"昨夜雨疏风骤，浓睡不消残酒"的佳句，可见女词人也是爱酒的。只是这种爱全不是好酒贪杯、掷金买醉，却是那么一点点兴味，一点点意趣。因了这分旖旎的醉，便又在朦胧中添了几分对良辰美景的恋爱。

丈量幸福

对于幸福的丈量，每个人有不同的尺度。乞丐的幸福是一顿饱饭，囚犯的幸福是实现自由，病人的幸福是恢复健康，恋人的幸福是终日厮守。当我们问自己是否幸福时，幸福离我们往往还有一段距离。而当我们走完这段距离，看似抓住了幸福的裙裾时，幸福又悄悄离去，在不远处向我们招手。

对于人生而言，不必去计算获得多少幸福，因为欲望的满足是没有穷尽难以计数的。在欲望的泥沼中，越挣扎便陷得越深。与其痛苦地计算获得多少幸福或失去多少幸福，不如幸福地计算抛去了多少因欲望而带来的痛苦和烦恼。

算计的人不会幸福，锱铢必较者也很难获得真的幸福。

大智慧者往往有大境界。而幸福即是心灵最高远的境界。

闲来听雨

春日里,雨才是寻常。

这恼人的雨,从未似夏雨那般淋漓酣畅过;却也不似那秋丝,低眉顺眼,款款落进人的心底,让你透着心地凉。它实在是个古怪精灵的家伙,这儿折腾一会儿,那儿捣鼓一番,眼见得红花多了几分湿润,绿柳添了几分秀妩。鸟儿们的叫声也似乎沾着珠、带着露,脆生生,明晃晃,格外好听。

这恼人的雨,便不知道姑娘们的春心了吗,还未赏那菜花黄,还未踏那郊野青,还未折那桃花红,春心便锁在这不歇的雨帘里了。只是,它哪曾真的锁了那春心,实在是它引了春心,偷着去寻那湖边的花,去寻那柳浪的莺。

这恼人的雨,打扮着春,也被春打扮着。轻轻儿地嗅,便觉出衔乳样的欢愉;淡淡儿地描,便画出勾人眼的红绿;曼妙儿地吟,便歌出亲嘴似的酥醉。

听雨去。几脚泥腥,踏着春。

有一双眼睛

人们常说一分耕耘一分收获，这是一个很朴实的道理。我们既不可能不劳而获，也不可能劳而无获。因为命运的眼睛始终在高处注视着每一个生命个体。肯于付出的人也许一时一事劳无所获，但命运总会以其他的方式毫不吝啬地给予补偿。而凡事以大的人生尺度去丈量，不计一城一池之得失，总能活得恣意洒脱。

可惜不是你

《可惜不是你》，这首歌的歌名实在是极好的写作题目。或许，更多是因为它总能贴合某个人某个时段某次经历后的心境。

那般情深而脉脉、细腻而款款的歌声，让人不禁想起"雨巷"中那个"丁香一样地结着愁怨的姑娘"——如果我们愿意把"雨巷"当作一首爱情诗。当情感的路走到尽头，却又再反复咏唱，却又一再"彷徨在这寂寥的雨巷"，却又不肯作罢地梦了醒、醒了梦。可惜不是你，便是怎样一种将歇未歇的怨，将凉未凉的暖。而如果我们能一眼望向人生的终点，如果我们知道哪些是必定要失去的，如果世间的事能尽由自己去作了主张，还会这般地结着愁和怨吗？

这世上既无这许多如果，便注定是要结着许多愁怨。

于是我们每个人心中都有一条窄而悠长的"雨巷",它的横亘,是我们愿意的。我们愿意在这"雨巷"中,淋那细细密密的雨,做那不眠不休的思念;愿意在这样一个长长的失望里,做那无望的望。

于是我们每个人心上都有一句"可惜不是你",我们清醒地醉着,不是不愿醉,是不能;不是不肯清醒,是不舍。若这惋惜是惯常的别人给我们的,便算不得真的惋惜。唯有自己对自己的一句"可惜不是你",注定是久久的太息。

而这世上既无这许多如果,便是教我们在心里长出另一个希望。

雨未曾歇过,过往的愁怨未曾散了去,这是你愿意的。回忆的作用大抵在此——让我们记住美好,哪怕是结着愁怨的且暂的美好。但是这样一个希望,在结着愁怨的心口长出的这样一个希望,却愿领着你走出雨巷,哪怕你的心还遗失在那里。

但是这样一个希望,在结着愁怨的心口长出的这样一个希望,把失望冲淡成回望,把那些散落在回望里的天真和美好,小心翼翼交到你手里。告诉你,你可以有许多失望,可以结着愁怨,却一定不能忘记追求生活里的美好——那些美好,不曾因为我们的愁怨而减却一丝芬芳。

可惜不是你,感谢曾有你。

回望与前观

有人说世界上有三种人,先知先觉,后知后觉,不知不觉。后知后觉者对自己的人生也有认真地思考,但因阅历和修为所限,能事事得出明晰判断的却是少数。不知不觉者混沌度日或者仅将眼界放在视力范围之内,对过往和未来全不计较,倒也省却"苦心"之苦。先知先觉者则像毛泽东的一个比喻——毛泽东曾把马克思主义比喻为望远镜和显微镜。"远,表明事物已经存在,但处在视线以外,而望远镜可以帮助我们看远,高瞻远瞩;微,表明事物极其细小,也在视线以外,而显微镜可以帮助我们入微,明察秋毫。"大凡在事业上有所成就的人,都有"望远镜"和"显微镜"这两个明显的特质,因而十之八九能占着先机。以我的了解,还有一个人与人之间的区别,即"人安排事"还是"事安排人"。驽钝者对事情缺乏预见和操控,被事牵着走而每每陷于被动。或者心意上缺乏主动的进取、力量上缺乏掌控的能力，故而只能听凭听任事情的发生而"有动于衷"地接受结果。

回望过往，大抵说来我属于"后知后觉"和"事安排人"这种。只是按部就班地去做一些事，由事情来导致结果。对于主动的争取，也仅是凭着本来的韧劲去做，相信凡事水到渠成，而不是积极地挖渠引水、筑巢引凤。"结果"很多事总比别人慢几个节拍，有时干脆是不了了之。想来人的际遇的种种不同，多半跟各自的性格有关。所谓"性命"之说，命运总是与性格联系在一起的。我的性格中随性随缘多一些，被动接受多一些，甚至潜意识里对于人情世故的圆滑有些抵触。所以，"后知后觉"或"事安排人"在所难免。此外，一个人的成就和"结果"如何，除了个体的主观努力，亦需因缘际会的配合。个体的努力，包括见识、前瞻和果断。见识是对现有基础或现有环境的判断总结，前瞻则是在见识基础上对未知未见未来的考量。有见识和前瞻的人，还需有果断。我理解的果断，既是权衡利弊的能力，更是先于此的心理上的勇气和自信。果断之人甚而预见到困难和可能的失败，但又相信凭借自己对"因缘际会"这些外在因素的成就，总能取得高于预期的结果，或者哪怕失败，结果也并不如想象的那么糟糕。若要前观，自觉无论是见识、前瞻还是果断，哪一样我都是缺乏的。

但是，回望也好，前观也罢，我的目的不仅仅是自我批判。人常说人贵有自知之明。我有自知之明，也有对世人所定义的"成功者"的渴望。但与"成功者"的称谓相比，我更愿意做自己。后知后觉，人被事安排，缺乏见识、前瞻或者果断。这些既是我在意的，又是我愿意忽略的。约翰·穆勒在《论自由》中有一句话，"一个人自己规划其存在的方式总是最好的，不是因为这方式本身算最好，而是因为这是他自己的方式。"我也想加上两句，一个人坚持自我的价值判断总是最好的，不是因为这个价值判断本身是最恰当和合理，而是因为这是他对自己负责任的一种方式；一个人走自己的路总是最好的，不是因为这条路人人向往，而是因为这条路能让他回到自己的本心、找到他自己。我为能以自己的方式规划自我并深深地感到我走的是自己的路，而且在这条路上多少能做些自助助人、自觉觉他的事而庆幸。

靴城保定

1

一向不擅长做游记，又认为旅行的点滴感悟，总是一孔之见。譬如美食美景，在我是美，在他者，也许算不得什么。又譬如旅行，在我看来是心灵的放逐、涤荡甚至升华，在他者看来或许是舟车劳顿、心神难安。于是这世间最美好的事，便当是每一个人都被赋予选择这样或那样生活的权力；每一个人都心存宽容和善念，尊重他人对自我的表达。有了这个由头，接下来我对"保定"的带着"自我"的表达，当会更加自由了。

去到一个城市，大都因为它的名头。譬如北京、西安，几朝故都，体大用重，可以一去甚或多去。旧时的保定是皇城根下，今日保定也在朝着京畿重地的方向努力。但这都不是理由。唯一的理由是这儿有我的好友虫和她的家。在南昌大学念书时的伙伴，虫虫、告告、克克、冬冬、乐乐、默默、妞妞，我想告诉你们，我们的那些快乐时光并没有被抛弃在岁月深处。

俯瞰保定旧城的建式，四方的城墙，绕着城墙的护城河，城西南略前突的形状，确像一只蹬靴。城里鳞次栉比、横杠竖直分布着衙府、书舍、商会、民宅、慈禧行宫……你仿佛能看见威风八面出行的总督巡抚，又仿佛能嗅着串巷走街的市井之气。现如今这些都不见了，不见的还有先人生活的讲究和那些个雅趣。

除了饮食气候方言的差别，如今北方城市和南方城市的差别也不太明显了。一样的高楼林立，一样的车水马龙。窃以为文化是城市的灵魂，特色是城市的名片。而这两样又是最容易丢弃的。舍本逐末、东施效颦，少了自身特色和灵魂的城市，泯然众城矣。

不过还是要记记保定的特色，它的总督署，它的东西陵，它的白洋淀，它的地道战……

2

我们的第一站是直隶总督署。

总督署为清朝历代直隶总督办公旧所，素有“一座总督衙署，半部清史写照”之称。曾驻此署的直隶总督共 59 人 66 任，如曾国藩、李鸿章、袁世凯、方观承等。较之过去见过的江南深宅，这儿的建筑少了几分幽僻润秀。当然，“牙门”与民宅没有太多可比性。就像北方光膀子的爷们和江南闺阁中的小姐。作为南方人的北国行,时时处处的南北之辨,想来并不太唐突。

从我们现在所见到总督署的格局、陈设及布展来看,印象最为深刻的有两点。一曰小。堂堂直隶总督署,其日常公务议事起居之处及下属隶户礼兵刑工等各部办公之所,较之现在的动辄高楼玉宇,实在小得寒碜。二曰大。直隶总督年俸白银155两,其养廉银为白银15000两,倍数几达97倍。这种做法可否惩贪治腐、移为今用,也是值得思考的。

第二站是冉庄地道战遗址。地道战的印象来自儿时看过的同名电影。这回真钻一回地道,才知道此间不易。

因为去的时候是闭馆日,我们只得打着电筒,从一处民宅(说是民宅,事实上也都辟为景点)的灶台猫腰下到一米见宽的通道。里边空间局促,空气浊薄,只能弓腰低头,蹑足前行。时间稍长,便觉呼吸不畅,头昏脑胀。没有正常照明,里边的精巧设计、机关暗道便见不到。非正常展日,能看到的地道也只是很少一段。这些不能不说是一个遗憾。但仅这能见和能走的一小部分,已让我们尝到了苦头。可这苦头与抗日期间百姓建这可防可攻、可藏可打军事设施所付出的艰难及生命代价相比,真是不足万一。而那些隐蔽在炕底、牲口槽、石碾、鸡窝、树洞等等让人意想不到的地道口,又让人不得不对这些民间智慧赞叹不已。

第三站是白洋淀。白洋淀因嘎子而闻名,因芦苇和荷花而美。事实上,当我们荡舟在这个华北平原最大的湖泊,沉醉其中的是它的碧水粉荷,斜雨清风,神思邈接的则是嘎子穿行芦苇滩或头顶荷叶帽的少年英雄形象。

　　一个地方因人而闻名是常有的事，但我认为还得先有这方水土，有这番风物。所谓灵山秀水、物华天宝，地灵才有人杰。不是吗，人类在代续相传的漫长演进过程中，总是在继承中创新，在创新中超越。人类文明如此，人自身的完善亦如此。

　　嘎子是否真有其人，鲜有人打听，这也不是最重要的。因为在中国苦难的历史沉疴中，有千万个嘎子、有千万个赵传宝，他们的奋争与反抗，他们的血泪与牺牲，既是英雄伟业，又是良知良能，因为这片土地给了他们生命，因为他们的生命只有在这片土地上才成其为真正的生命。

　　附：离开保定时，和虫有一个大大的拥抱，眼睛微微一润，很快又止住了。这便是友情的真义吧，人生何处不别离，人生何处不相逢！

北京欢迎您

1

在北京甫一下车，最先接触到的是出租车师傅。麻溜的京腔，不紧不慢、不浮不躁。北京地儿大人多，火急火燎也没用，索性踏踏实实地、规规矩矩地。与师傅搭讪，我尽量将腔调北方化，不但没有"暴露"南方人的身份，甚至被夸赞在北京待了小几年，不免有些自得。只是京腔易学，京韵难能。地方方言中融汇着的文化、习俗、传统，这个魂这个根真不是一朝一夕能领会的。

天安门广场是我们的首站。作为重要的政治符号，它在国人心中的地位不可撼动。一代又一代建国后出生的中国人，恐怕都是从认识天安门开始认识北京，又恐怕都以到天安门观看升旗仪式为夙愿。所以暑期虽刚开始，前来参观的人已络绎不绝。

中国国家博物馆则称得上文化符号。里边馆藏丰富、陈设规整。文风古物，或瓷器、或书画、或佛像、或金玉、或家俱、或钱币，承载的是一个民族的集体历史记忆，筚路蓝缕甚至是辛酸血泪。我们甚或说不上某件物什的由来去路，却一定深以为然它的骨骼风情，它的姿仪韵致。这种文化的认同，是一个民族凝心聚力的基点和前提。甚至在我看来，文化的认同，是比信仰的认同更为紧要的事。

2

在京城的第二、第三天，去的都是老北京的地儿。南铜锣鼓巷、烟袋斜街、钟鼓楼、九门小吃、什刹海、琉璃厂、大栅栏……光念这一串名字，便在齿颊间咪溜地回转着十足的京味，何况穿游其间、赏乐其中、尝味其里。怪不得皇帝佬儿也乐意微服出游，比起深宫后院，这市井味儿、这俗世气儿，才是真正的人间福地、活生生的生活。

在南通锣鼓巷租了一辆"黄包车"。要价180元，砍价至80元。车夫是陕西汉子。比起京片子，他的话更难懂。帮他小算了算，住大杂院、吃单身饭，刨去每月上交政府的900元、租房的600元、吃饭的1000元，剩的还真不少。像他这种外地人，能谋着这样一份营生实属不易。

在一家四合院停下。房主年逾九十，同一屋檐下的儿子闺女年纪也不小。儿孙辈则早不住这犄角旮旯的胡同。东西南北合围的厢房，当中是不大的院落。空间虽说紧仄，却样样周全，各家都有自处的天地。庭院里的花鸟虫鱼草，一两枝石榴,几笔睡莲,浅憩的蝈蝈,好看的画眉,看似漫不经心,却各有自在的生气。树荫下一壶茶,三两闲人,眯着眼的、嗑着花生仁的、汲着壶嘴儿的,四合院的人家比不得深宅大院,但这份自得其乐,又是后者遍寻不得的。

琉璃厂的笔墨纸砚、诗书字画、古玩旧迹,是风雅也是文化。无文化的风雅,至多是附庸风雅;无风雅的文化,难成其为有真趣的文化。琴棋书画所构成的中国人的精神生活是写实的又是写意的,既有其神其道,又有其形其表,却又不是简单的表里相背、表里如一可以说清道明。深据其间又反而据之的,是不可不觑的中国哲学。

3

岁月的痕迹,在京城的红墙黛瓦、街肆市井间默而不语。你与它邂逅,错过或者知交,这都不重要。重要的是,万千流变中,你仍能感知它独有的平静和波澜,它独有的静好、沧桑。这份独有,未曾自知而知,未曾记取而记,未曾相识而识……重要的是,流变万千中,你总能寻找到一枝一叶,一沙一石,一城一人,它们不是你生命的全部,却又让你因它的存在,蓦然间体会到你所认为的全部的生命的意义。

4

若用一个词来描绘我对清华的印象,这个词便是"葱郁"。一曰葱郁其形。盛夏清华,草木芳菲;屋宇楼榭,兀自而立。二曰葱郁其气。百年名校,水木清华;自强不息,厚德载物。毛泽东曾言"野蛮其体魄，文明其精神"。清华之精神体格，如苍石劲松；清华之人物风貌，如云汉星辰。较之百年前之中国，当今中国之大学多如牛毛，然将体格精神铸造之伟业薪火相传并视为头等大事的，又有几何。

尝记得 2011 年清华大学赴甘肃选调生焦三牛的辅导员说起三牛风波时的一段话，清华大学或许有无数英杰才俊，但真正称得上栋梁之材的，应该是那些怀有报国之志，灵魂闪光，挫折中不矢其志的青年。从梅贻琦、梁启超到王国维、陈寅恪，从赵元任、闻一多到季羡林、钱钟书，从竺可桢、茅以升到钱三强、钱伟长……清华的过去和今天从不缺乏这样的人。我想，这也正是清华葱郁长青原因之所在。

佛教修行按境界分自觉、自觉觉它、觉行圆满三等。一个人对人格伟大的追求当如此。所谓志趣禀赋有异，报国之心无别。一所学校培养人才的最高目标，无论学科门类、专业领域，亦当如此。当然，最高目标不是最高指示。大学之大，在于精神之大！这个精神之大，是海纳百川的包容，也是壁立千仞的崇高。是志在四方的大吕洪钟，也是自立自强的流泉稀音。大学之学，在于学以致用！这个学以致用既当有"行胜于言、知行合一"意志，更当有"从善如流、用在其方"选择。

第三辑　爱的菩提

爱的先后

关于爱，我喜欢这样一句英文：love is primarily giving,not receiving.In the act of giving,something is born,giving produces giving,love produces love.将它翻译过来,也可以是极温暖的句子：爱更多的是给予而非索取/总有些什么/在我们的给予中潜滋暗长/给予孕育出给予/爱生发出爱。而计较爱的付出的多少或者先后,恰会让我们失去对爱的美好体验,甚至于失去爱。

若我们认识到,这个世界的人、事、物,总以某种简单或复杂的关系相联,且这种相联,如果都有善和美的初衷,善和美的目的,并以爱贯穿始终,世间的丑陋与险恶,恐怕要少得多。若我们又认识到,我们非但不可避免地以某一种形式相联——情感的、回忆的、臆想的、仰慕的、仇恨的,或者其他种种——我们也无一例外地从这种相联中获得一份给养或者一份毒药,我们同时会明白,在这个关系中,是无所谓高下、无所谓长幼、更无所谓先来后到的。

爱如此,爱情亦如此。因为爱情,宛如一棵大树的一根枝条,只是爱的一种罢了。但爱情又确实是我们愿意付出更多思考和行动热情的一种,至少是思考的热情。我们也许会对身边人说,你对我好,我总会对你更好。于是双方都在原地静静等候,等候对方的爱的降临。而爱神,却在我们等候的"此刻"逃遁。最美的爱情,当是我爱上你的时候,你也悄悄爱上了我。因为纯洁美好的爱情并非从交换中得来。爱情不是双方交换了彼此心中的爱。对于相爱的人来说,他们分享着同一份爱;爱神也只有一个,那是他们共同信仰与祀奉的神祇。所以试着告诉对方也告诉自己,我对你的好,只是因为我对你的爱,而不是因为你对我的爱,更不是因为你对我的爱的爱的回报。

保持爱情

"如果说只有以爱情为基础的婚姻才是合乎道德的，那么也只有继续保持爱情的婚姻才合乎道德"（恩格斯）。可是现实生活中有多少人能让婚姻继续保持爱情，又有多少婚姻能称得上是"合乎道德"的婚姻。爱情让位于婚姻家庭生活中的责任、义务和担当，一切浪漫狂热在时光机器的打磨下顺理成章地展延成日复一日年复一年绵长的岁月。

吴学昭的著作《听杨绛谈往事》中有这样有趣的一节：时任清华大学教师的杨绛先生在接受知识分子思想改造之"洗澡"运动时，遭一女生登台控诉，"杨季康（杨绛）先生上课不讲工人，专讲恋爱。""杨季康先生教导我们，恋爱应当吃不下饭，睡不着觉。""杨季康先生教导我们，见了情人，应当脸发白，腿发软。""杨季康先生甚至于教导我们，结了婚的女人也应当谈恋爱。"且不论这位女生如何断章取义地曲解了杨先生的初衷和本意，"但结了婚的女人也应当谈恋爱"这句话却很有几分道理。其中就有在婚姻里继续保持爱情的意思。是的，也许爱情的芬芳仍在，只是我们的嗅觉已变得迟钝，我们的视觉也已经不再惊艳于它的姿颜和色彩，而那颗善感的心，也早已被岁月的风沙砥砺得粗糙不堪。

想来多数的男人和女人，应当是希望在婚姻里得到爱的温暖和满足的。婚外的恋情无异于饮鸩止渴。那么，请试着用回忆的热情温暖渐渐冷却的爱的体温，用水墨的黑白挥洒曾经的爱情的斑斓罢。

喜欢

过小年的那天,一个人去了湖南师大。

从周老家出来,返程时间尚早,于是又一个人去逛了校园。天稀疏地飘落着雨点,空气湿润。南方的冬天,绿意依然处处可见,只是被萧肃的冬雨浸过,这份绿恰似凝固的思绪,浑然透着的是清冷沉静的气息,全不似春天的娇嗔活泼、躁动不安。可是依然深深喜欢,喜欢这样一个可以安放我的灵魂、寄托我梦想的地方。

我想,喜欢一个地方,应当和喜欢一个人一样。这份牵挂和眷恋会如枝蔓慢慢蔓延、盘桓,一天一天,一分一寸,最后密密匝匝地爬满心墙,占据你的呼吸、心和眼。慢慢地你便觉得离不开他(她)了。是的,当一份感情成为习惯,你就会在每一天的同一个时候不由自主的想起他(她),就会在听到一首歌、看到某个字眼时,不由自主地打开灵魂深处那个装满忧伤的匣子,任由那一缕叹息无端地升起,飘散,直到它模糊和刺痛你的眼。

爱的菩提

人生中的很多追求，譬如金钱权势名望等等，未得到时不满足，得到后也未见得满足。爱，大概也未出此列。只是，爱似乎更是一种纯洁的欲望。我们不会批判一个人对爱的渴求与付出，只要他的爱符合道德的标准。而且我们也相信，哪怕再丑陋的灵魂，他的心底也一定会有一处清可见底的泉水——它袒露和映鉴着人性的美好——那便是他曾经寻找过、感受过并依然保存在心底的爱。

当我们爱一个人时，懂得为对方付出，才算是真正的爱。爱若只是自私和计算得失，便算不得纯粹；爱若只是身心的据有，便将成为可怕的桎梏。很喜欢阿尔贝特·史怀泽的一个比方，相爱的人"只是在黑暗中并肩行走"——他们的灵魂有着独特的光芒却又相互辉映，他们走在自己的路上却又是彼此的光和热，他们由着自己的发光和温暖而吸引对方。所以,爱不是使自己成为对方的影子,爱更不是失去自由。相反,爱是对自由的崇尚与坚持。有了自由的基础和前提,我们才能确认我们对爱的选择是一种真实;而在此后命运与共的岁月,容许对方保有他(她)自我的心灵空间,更显出爱的尊重与欣赏的真谛。

爱的尊重的得到,比爱的得到艰难得多。因为性的吸引和距离的神秘,在男女之间产生爱是最自然不过了。但这还只是爱的起始。只有当我们略过肌肤的相亲而走入对方的心里,深深地懂得和欣赏对方,不必然的因为自己的爱而苛求对方,接受对方的感受、喜好、习惯、职业的选择,尊重对方人格的独立、灵魂的自由,才是真正得到爱的归宿。所以,当你决定了把爱交给某一个人,请记住,你交给他(她)的除了爱,还有欣赏、尊重和信任。

在这个世界上,能让两个陌生的心灵相互吸引和靠近、深深依赖和眷恋的,除了爱,还有什么。在这个世界上,能让两个熟稔的心灵相互抱怨和斥责、可怕的仇恨和分离的,除了爱,还有什么。

当我们决定把爱交给对方时,必定还怀着深深的忧惧。爱的持久与忠贞,是我们忧惧的对象。只是,与其陷入深深地忧惧而忘了爱,不如因为深深地爱而忘却忧惧。后一种,远比前一种划算。

爱的力量,大概是这个世界上最伟大的力量。而爱的关系,也大概是这个世界上最奇妙的关系。你的一颦一笑都为某个人牵动着,你的喜怒哀惧都为某一份爱的变化而波动着,你的人生的意义都为了某个人的存在而书写着。你的小小心思、小小的心机,因为爱的名义,倒显出它的纯真。而你的恼和恨,因为爱的名义,又显出它的可爱。爱让一切色彩失去颜色,让一切光辉变得暗淡;爱又让一切锦绣变得美丽,让一切温暖变得炽热。试问世上还有什么不能经由爱而得到,不能经由爱而失去。

你付出十分,却未必得到一分,爱是何其吝啬。你未曾付出一分,却得到十分,爱又何其慷慨。只是这吝啬和慷慨都不是我想要的。我只要一分,而你,恰恰就是那一分。

不要怕把爱说出来,你不会因为爱而蒙羞,也没有人会笑话你的爱。这个世界上,唯有爱不分高低贵贱,不分善恶美丑。但依然有一些爱,是要放在心底的。放在心底的爱,仿佛俗世的尘埃,曾迷住人的心眼,又曾让人掉泪,却在某一天,纷纷扬扬,落定。

如果我们把爱当成艺术,它一定是生活的艺术。如果我们把爱当成生活,它一定是艺术的生活。在这样的生活的艺术或艺术的生活里,我们把爱放在口袋,挂在墙上;我们领着爱闲逛,把爱做成可口的饭菜;当我们休息时,爱却一刻不停地为我们做着打扫；当我们闭上眼，爱便娇羞地钻入我们的梦乡。

如果你不曾爱过，怎知道爱的滋味，这世界上最惆怅的甜蜜。如果你不曾失去过，怎知道失去的滋味，这世界上最寂寞的热闹。如果你既爱过又失去过，便一定知道人生的滋味——这世界上最热闹的寂寞和最甜蜜的惆怅。

真正的心理成熟，既是懂得何为爱、如何爱，更是懂得去放弃一份不属于自己的爱。

佛祖在菩提树下悟道，又在菩提树下涅槃。于是僧众视菩提树为神明，不辞艰辛去寻找并膜拜。其实每个人的心上都有一棵菩提树，枝繁叶茂，自在的生长。将它点燃，它便是光明；将它播撒，它便是希望；将它撑开，它便是荫凉；这棵菩提树的名字，便是爱。

爱的价值

　　爱的价值,实在是难以估量。或者我们可以做这样的假设,如果生命是这个世界上最有价值的,那么,爱便是生命之光、之源。拥有爱的人,便拥有了整个世界;失去爱的人,也便失去了整个世界。或者说,没有了爱,我们的生命也将不复是我们应有的生命。

　　爱是一种力量。但这种力量不是用来挑衅、征服或者驱逐。爱是磁石,是用来吸引爱的;爱是土壤,是用来生发爱的;爱是舟楫,是用来载渡爱的。所以,请相信,拥有爱的人,也必然拥有善真和美。

　　极喜欢这样一句话,"爱的给予既不是谦卑的奉献,也不是傲慢的施舍,它是出于内在的丰盈的自然而然的流溢。"有爱的人才能给予爱,有福的人才能给予福,这是我对这句话的理解。所以,我也会对幸福做这样的阐释:幸福不在于金钱的多少、地位的高低,不在于曾经或者将要得到多少,而在于个体所具有的感受和创造爱的能力。当然,我并不以为金钱和地位与幸福毫无相关。我的意思是,幸福与否,与内在的灵魂相关多一分,与外在环境的相关则少一分;取决于自己多一分,取决于他人则少一分。所以,一片树叶的幸福完全可以与整个森林的幸福等量齐观。

爱在肉体和灵魂之间游荡。当灵魂和肉体合二为一,便产生了爱情。

我们会说,真正懂得爱的人,首要的是爱自己。这倒不是要给爱分个内外、先后或者轻重。只是说,唯有懂得爱自己或者说自爱的人,才懂得如何给予爱和爱他人。

如果你懂得人生的意义在于爱,你一定会看轻了那些所谓的金钱、权势和地位。用金钱、权势或者地位表达的爱,对爱来说,是一种亵渎。

爱或者被爱,都是美妙。如果爱和被爱是相互的,那便是美好。但现实却不唯是美妙和美好。有一种,爱愈是真实和热烈,便愈由爱的不回应和虚以委蛇感觉到深切的痛苦。还有一种,即便爱和被爱是相互的,却因为不容于世俗而空留苦痛。但是痛苦和苦痛之于麻木的无动于衷或疏离的冷漠,又实在是一种幸运。试想想没有爱,这世界将是怎样的可怕和荒芜。

当我们还没有能力去施与爱,请记住,爱至少应当是自足的。

如果你相信这世上唯有爱是与生俱来、与日俱增且永不离析的,那么,对那些后天的东西,金钱、权势、地位,反倒更容易得到,并更容易舍弃。

如果你不相信爱,还能相信什么。正是基于这样一个最原初的信念,世界才向我们展开它无限可能的美好。

怎样的男人才能嫁

朋友间小聚，话题不知怎么转到了家庭暴力。一朋友说姐姐怀孕期间，某次夫妻嘴战时姐夫竟然掐着姐姐的脖子将其拎起。另一朋友作为男女双方的朋友前去劝架时，亲眼目睹丈夫用皮带鞭打妻子。闻之悚然，不禁要拍案而起。文明社会里男人的孔武之力却用于对付弱小女子，是女人的不幸，还是男人的悲哀？

我们推究个中原由，却得不出很好的解释。因为施暴者平日里不说温文尔雅，待人接物倒也能礼让三分；不说有多高的社会地位，家里家外也算得上一把好手。为何偏生对妻子下此毒手。人格的分裂？性格的扭曲？心理的变态？对妻子的爱的另一种极端的表达？我想不管找出怎样堂皇的推脱之辞，如此行径足以让闻之睹之者怒目而视了。所谓好女嫁孬男，贤淑女子往往难以幸免于虎口。由此未婚嫁的女人真要思忖一番,怎样的男人才能嫁?

朋友从反面说了一条,即男人不能烟酒都沾,尤其是好酒贪杯的男人要敬而远之。我想了一条,孝顺严慈、温存恋家、亲近童趣、喜弄美食的男人大都懂得怜香惜玉。有人也许会嗤之以鼻,会想当然的以为这样的男人事业心不强。其实以我所了解的男性朋友,事业有成而又非常顾家的不在少数,他们对妻子温柔体贴之情也总是溢于言表。如果约会时高大的男友变魔术似的从包里拿出糖果饼干或别的什么小玩意哄你,别看这样的男人粗眉大眼,其实外表粗犷的他心思却相当细腻。正所谓"无情未必真豪杰,怜子如何不丈夫。"男人在言行举止、习性习惯中所透露出的点滴信息真的值得恋爱中的女人仔细寻味。

男人和女人

男人用身体爱女人，女人用情感爱男人
男人用物质爱女人，女人用精神爱男人
男人用现实爱女人，女人用记忆爱男人
男人用热吻爱女人，女人用泪水爱男人
男人用狂热爱女人，女人用痴嗔爱男人
男人用风雨爱女人，女人用磨难爱男人
男人用理智爱女人，女人用感性爱男人
男人用许诺爱女人，女人用期望爱男人
男人用生命爱女人，女人用岁月爱男人
男人用今生爱女人，女人用来世爱男人
男人用思想爱女人，女人用心灵爱男人
男人用玫瑰爱女人，女人用百合爱男人
男人用大海爱女人，女人用溪流爱男人
男人用唐诗爱女人，女人用宋词爱男人
男人用过往爱女人，女人用依然爱男人
男人用朗月爱女人，女人用星空爱男人

男人用实然爱女人，女人用应然爱男人

男人用悲情爱女人，女人用伤感爱男人

男人用情爱爱女人，女人用爱情爱男人

女人渴望什么样的婚姻

　　女人渴望什么样的婚姻？我也会经常问自己，我的婚姻，我和我的他，在怎样的一种婚姻状态中？常听女性朋友唠叨老公的不是，我却把心中的想法深深隐藏着，除了闺中密友，很少谈及。总觉得，婚姻是手中的一杯茶，甘苦和冷暖，只有自己才能品味得出。

　　女人多半渴望婚姻能继续爱情的梦想与浪漫，情爱的温存与抚慰，性爱的狂野与张扬。可惜，爱情没有进行到底，或者说爱情半路开溜了。我们活在琐碎的生活细节中，渐渐磨灭了恋爱时的激情与温存。她和他，还会月下散步情深缠绻吗，还会在山野中呼喊爱人的名字吗？有多久，我们已经没有让细密如丝的雨弥漫心间，在烟雨缠绕中扣触彼此的心灵？而我们拥有的也并非满满的晴日。

　　当耳边想起女友的唠叨，我笑着说，对婚

姻,也许我们不能总是怀揣着那么高的期望,因为,我们已经不是恋爱中激情四射的青春少年、羞涩怀春的纯情少女,平和的心态真的很重要。可能的话,把婚姻当做一件只适合在家里穿的棉质睡衣吧,洗了无数次,已经不再漂亮光鲜,但却很柔软、很熨帖。

当然,我们需要一点改变,一些变化,需要在彼此平淡而熟稔的生活中留一丝想象,一点距离,一抹亮色,一份浪漫、一种激情。我想,主动地为生活增色添彩很重要,不要让日复一日单调乏味的工作生活埋没了我们创造生活与爱情的热望。同时,我想,男人和女人,心灵可以相属,情爱可以交融,但,精神却应该是彼此独立而完整的。在这个专属于自己的精神的空间里,总有一两分散漫不拘的闲情逸致,三两位随性随缘的知己。也许,婚姻是戴着枷锁的舞蹈,而兰心慧质的女人,总能在婚姻的得失成败中翩跹起舞。

男人、女人、爱

1

对待感情与事业，女人和男人总是有那么多不同。面对人生低谷时的态度，较之男人，女人会坚韧一些，会更执著地去尝试、去改变，会比男人更坚定地多往前走一步，而这一步跨出去，也许就是另一番天地。并不是说女人天性更乐观，或者更有远见卓识。也许仅仅因为男人更懂得放弃，更懂得换角度来想、换方向去试，更懂得理智地止步于几乎不可能的可能。而女人，心中的幻想会支撑着她们即使在踌躇与犹豫时也不愿停下脚步。这份坚韧，很难说是好是坏，就像对待感情。结束一段感情或者一段经历，对女人来说，总是比当初选择开始更艰难。开始总是带着一种对未知的憧憬，或者可能或者不可能的期许。而结束，意味着走到终点，意味着一种生活状态的终止和另一种生活状态的展开。可往往是当男人已经在为如何离开做准备时，女人却还在为怎样回到过去而努力。一起走过的路，女人会依然固执地沉浸在回忆和感伤中不能自拔，哪怕结局早已注定。

2

女人容易把爱情当做生活，或者更甚，生活的全部。不说所有，至少多半是有这个倾向的。所以女人天生浪漫感性。就像女人不喜欢单调乏味的生活，女人同样不喜欢单调乏味的男人。女人希望生活在常规地运作之外至少有些打破常规的新鲜话题，有些杂乱无章、无法预设、偶然为之的美，譬如谁谁谁的发型、谁谁谁的手袋、谁谁谁的老公。女人善于在爱情和生活中创造和发现亮点，同时也需要有亮点的爱情和生活，譬如收到玫瑰的惊喜、耳鬓厮磨的喃喃、他特意打来的嘱她别受凉的电话。女人愿意爱有一点牺牲意义的悲情，哪怕是一点点委屈，一点点落寞。因为女人的内心里是备着一条手帕的，时时准备为生活里的爱情擦拭眼泪。

女人的爱是用来爱的。爱就是空气，就是呼吸，是阳光同时又是雨雾。性质非常清楚，目的非常明确，爱他或者为他所爱，或者幸福地两者兼具。爱是女人永远不够完美的理想国与彼岸，在失去爱情的世界里哭到呼天抢地，也会在爱情失而复得的时刻破涕为笑。女人在爱情面前的确有些弱智，不懂得不该为没有平等和尊严的爱付出，也不懂得付出与回报要成正比,就像稚童眼里,一个纸片与一个变形金刚或一个芭比娃娃是意义差不多的玩具,在他(她)眼里,这些都是珍贵的。所以失去一个纸片会和失去一个变形金刚或一个芭比一样让他(她)难受。

男人的爱就像有条不紊的工作,朝九晚五,日程上一桩桩要做的事,爱情只不过排位靠前点,而且随时随地有可能被工作"优先"掉。男人也绝不会拿变形金刚去换小纸片,在他们看来,这实在有些愚蠢。爱情是必不可少的,男人承认这一点,只是爱情不如事业、尊严、权势、平等来得那么重要。男人把爱情视为阳光或偶尔的雨露,如果爱情一直阴雨绵绵甚至暴雨倾盆,弗如放弃。所以纵观古今,女人把男人当成天当成国的大有人在,爱美人不爱江山的男人却实属凤毛麟角。所以男人内心对爱的渴望总是道貌岸然地表现为正义的道德的力量。男人们恐怕愿意将其解释为历史赋予了他们更多囿于现实与此岸的责任担当。

3

和一位作家朋友闲谈,聊及婚姻家庭,说到两性间的情感。他转述钱锺书先生的一段话,大意是说,对男人而言,婚姻是桥,婚外情则是桥下的溪涧。如果没有太大的风险,男人都在"处心积虑"地寻求着淌溪涧而过的不为人知的新鲜刺激经历。这个比喻真是很妙。只是我不知道,钱先生对男性心理的这番述白,是否每一个男人闻之心有戚戚。

朋友谈及媒体热炒的中央音乐学院 70 岁博导与女研

究生的"潜规则"事件,问我对婚外情的看法。我说,也许我可以容忍因为真爱而生发出的畸恋,但绝对不能接受没有任何情感基础的"坦荡荡""赤条条"的肉体、钱权交易。至于婚外之情,从骨子里来讲,女人都渴望婚姻的稳定与长久,渴望精神和肉体的胶着,渴望能在婚姻中寻得爱的愉悦和性的满足。如若不能,如若失去婚姻,如若无法拥有善始善终的婚姻和爱情的美满,她渴望的,恐怕也只是另一段平平淡淡的婚姻,而不是一段没有婚姻保障的哪怕是轰轰烈烈的婚外恋情。我笑着说,也许,对男人而言,婚姻和爱情可以分而享之,对大多数女人来说,则始终怀着一个美好的愿望,那就是希冀婚姻和爱情的合二为一。如果说没有爱的婚姻也是不道德的,那么,无论男女,据着这个前提,就可以大胆地出入围城、去寻求所谓的真爱吗?

这个社会,情感、两性、婚姻、家庭,剪不断、理还乱的旧爱新欢,似乎都在不安地聒噪着。女人的童贞,男人的道义,爱情的纯真,婚姻的忠诚,似乎都不那么容易坚守。每个人都在不停地寻找,又在不停地丢弃;每个人都在不停地获得,又在不停地失去。只是我们很少问自己,生命之中,得失之间,我们是否始终记得善真的本性(心),我们的心中是否始终汩汩涌动着一泓未曾为尘俗所染、可以照得见来世前生的清泉。

4

下决心要改变,甚至决绝的话已经出口,可是,真正要做出决定的一刻,女人又犹豫和心软了。心底里问自己,换一段婚姻,又会如何?新的开始还是新的失望?而这么多的牵绊又该如何处置?也许,心中还残存着爱和期许,也许婚姻中所谓的宽容和理解都是说给女人听的,叫女人认命,教女人安守本分,让女人抛弃奢望和幻想。这就是生活,两个人,一段婚姻,一天天的日出日落,一天天老去的容颜。

女人对婚姻的沉默、对生活的坚忍让人害怕。是的,当心的伤口结上一层又一层厚厚的茧,当女人不再抗拒,当她平静地接受,当她顺从地安于命,当她淡然地折起心事注视未来却无动于衷……未尝,女人不曾抗争,可是,是道德的力量吗,它牵引着女人的性灵在亘古不变的轨道缓缓行进;它不停地用同一个声音告诉女人:活着,就是快乐着痛苦,婚姻,就是痛苦着快乐。

命运啊,请原谅女人的坚忍。

5

在两性世界里,男人总是显得冷静而理智,哪怕爱得再深,他亦可以以旁观者的身份,客观地盘算考虑。而女人总是絮絮叨叨地计划打算,却偏偏忘了考虑自己。哪怕前面是深渊,在男人犹豫的片刻,女人已纵身一跃。所以,要将爱和记忆从一个正深深爱着的女人心里剥离,且这份爱和记忆是深深生了根的,总是要面对鲜血淋漓。

泪笑为哪般

在所爱的人面前，女人最擅长用泪水来表达和倾诉感情。伴着小女儿的痴憨，满腹愁情仿佛皆因眼前这个男人无端生出。欲语还休时，珍珠般散落的泪滴润湿了男人的臂膀，怎能不让铁骨男儿为之动容。想必此情此景，男人心中的爱亦会为这痴情女子更深切一分。

可是动辄掉泪的女人多半会成为男人的负累。柔弱女子会让男人产生强烈的保护欲望，但成天为爱牵肠挂肚、悲悲切切，他是断然做不到的。因为女人是男人的温柔乡而非苦涩酸楚的梦魇，轻松愉快、进退自如的交往状态会让男人觉得更舒适更有安全感。所以别指望用泪水软化和收服男人的心。在爱情面前，聪明的女人应当保持着一份高贵的矜持和处变不惊的坦然，用理智和冷静为自己加分，唯如此，才会在赢得男人尊重信任的同时收获一份平等的爱情。

在与男人的交往中，过于感性的女人总是不自觉地施与男人太多母性的无私从而迷失自我。其实，泪和笑，即便对方是有情有义的男人，也要多费几番思量才说一个值字。无私地付出爱的同时，也记得给自己一个完整而独立的空间,好好地珍爱自己。

寻找生命的另一半

　　当我们躲在无人的角落小心翼翼地笑或哭,或者用厚厚的帷幔包裹自己情感,我们会感觉累甚至害怕。因为,我们的情绪得不到回应,就像面对着空旷的大山呼喊却听不到回声一样可怕。而爱、亲情、友谊、事业或者生活,这些生命中不可缺少的,譬如爱侣的心灵回应,朋友的言语交流,工作的倾力投入,生活的浪漫情趣,却奇迹般地给了我们倾诉心灵、让心灵倚靠并变得安静抑或充满激情的对象。这寄托着我们也许是宏伟人生目标,也许是瑰丽人生遐想,也许是旖旎小资情调的另一半,或许并不会和你的生命珠联璧合无任何缺憾,但,的确是因了这些爱、思念、渴望、追求和感恩,你的心变得柔软、丰盈和生动。

　　说到爱情的另一半,也挺有意思。经常会有男人(女人)对所爱的女人(男人)说,我只怕配不上你啊。理想爱情或婚姻中的男女应该是等质或等位的吗,或者另一种观点,学识、地位、金钱、容貌,必须是传统的男强女弱或者颠覆传统的女强男弱吗。难道爱情或婚姻,追寻的不该是一种放松的、自然的、蜕去了世俗外衣的最原始和赤裸的两情相悦、心身相属的两性情感吗? 我们在意的是什么,我们刻意追求或躲避的又是什么? 真爱的另一半也许不能带给你锦衣华食,却会为你小心地剔去鱼肉中的刺儿,会在寒夜里起身为你倒一杯温热的水,会微笑着不厌其烦地倾听你的絮叨。如果爱情是烈焰,终究会燃尽它让人狂热和粉饰一切的光芒,而婚姻中相守到老的男女,却懂得用内心温暖而独特的光亮辉映携手走过的人生道路,这份光亮,是最为质朴相近的生活情趣,最为平凡相融的生活态度,是同一种思想观念最为默契相通的两种表达。

我们俩的婚姻

不管是爱情还是婚姻，若要有幸福的体悟和收获，都需要两个人共同的努力，共进退或者共存亡。很难想象当你在为两个人的幸福而努力付出时，他却如隔岸观火般冷静、超然。爱情或者婚姻，或可比喻为两个人的共有财产。你不能不顾对方的感受而任着自己的性子私自处置这份财产，投资也好，转移也罢，你需要和他（她）商量、沟通。设若是宣布破产，你更不可能抽身而出、独善其身。同样，没有谁能守株待兔、坐享其成，这份财产需要两个人共同去经营，一点点地积攒、一点点地完善，一起努力去为它保值增值。

在婚姻中我们可以保有自我，但这个自我绝不是一意孤行、我行我素；在婚姻中我们也享有"共"我，而这个"共"我也绝不是委曲求全、隐忍退让。爱情是交相辉映，而不是一方被另一方的光芒所遮掩或照亮；爱情是对彼此所保有的"自我"的信任、尊重、欣赏与理解，是对"共"我的无私付出、奉献与牺牲。舒婷的《致橡树》对爱情作了绝妙的诠释：你有你的铜枝铁干／像刀，像剑，也像戟／我有我红硕的花朵／像沉重的叹息／又像英勇的火炬／我们分担寒潮、风雷、霹雳／我们共享雾霭、流岚、虹霓／仿佛永远分离，却又终身相依。

　　当我们共沐爱河时，多一份理性的审视，不要轻易牵手；而当我们步入婚姻殿堂，多一份感性的浪漫，不要轻易放手。

痛苦着快乐

对生活充满激情的女人，恐怕都渴望遭遇缠绵悱恻、惊天动地的爱情，渴望人生中极富戏剧性的悲欢离合所带来的强烈的心灵冲击。女人讨厌单调乏味的男人，更害怕一潭死水似的生活，这样的生活，于她们来说，少了灵气，少了情调、少了拨动心弦的韵律。所以，如果是真爱，哪怕让她舔噬伤痛，哪怕结局是分离，哪怕爱是苦涩、思念是痛苦，女人也会如飞蛾扑火般毫不犹豫地投入其中。因为这份痛苦在震颤心灵的同时也饱含着对爱情深刻的感悟和对生活掷地有声的回应。

可惜，现实大多以一副冷冰冰地姿态调侃着女人们多愁的情思、善感的心灵。生活寻常如水，爱情无处觅踪。女人们相夫教子、厅堂厨房、蹈矩循规，这一切如沉疾重疴，渐渐封闭了女人的感官，蒙蔽了她们对生活新鲜的态度和探知的欲望,女人们未老先衰,不但生活变得了无生趣,自己也是老气横秋。这是什么话啊,莫不是教女人们大逆不道,违背常伦。非也!爱,不为情所缚;情,不为爱所累。生,不为死所动;命,不为运所惑。我们要在儒道两家所推崇的出世入世之谛中寻求爱与生活、浅溪与激流间平衡的支点,修为成真正懂得爱、懂得生活的女人。只是,这真不是一件易事。

在生活里学会生活

　　不知有多少女人在婚姻生活里小心翼翼地生存？用"生存"这个词，实在有些冰冷和残酷。难道爱和高尚，婚姻和理解、宽容、体贴不总是在一起的吗？可女人的善良、坚忍却一再被无情地嘲弄。婚姻中的女人同样渴望爱的温存与浪漫，设若是冰冷的回应，她也仅仅是幽幽的嗔怨。尽管内心里她骄傲地像一个公主，却还是愿意为所爱的人拢起发丝、掖起裙角，愿意为值得她爱的人无怨无悔地劳作于生活的田地。可是男人啊，如果你爱你的女人，又如何忍心用狂风暴雨摧残她的温柔。其实，女人的愿望很小、女人的心愿也很容易满足。只要你在她心灵花园的一角，植一株绿色，便可以蔓延成整个春天。而当女人心灵花园荒芜之时，她也不复再有一颗善感多情、充满天真童趣的质朴之心。

爱你的女人

最近看了一篇介绍香港导演吴宇森的文章，写一个男人是如何在爱他的女人的支持下由寂寂无名走向成功巅峰，又是如何在人生百转千回的起伏与跌宕中对所爱的女人倾注着柔情蜜意，印象最深的一句话是,他的爱如何使爱着的女人"始终保持着一颗敏感而细腻的心"。

他追求的自然是人们普遍定义的成功,江山美人，但这又仿佛还不足以诠释和涵括他的成功。我想无论男女,生活既是用来过的,这是日子,是油盐柴米;生活又是用来品的,用来嗅的,用来聆听和领悟的。云淡风轻的感怀和对功名利禄的追求应当可以同时安放在向往有质感和情趣的人生的人儿心里。哺育儿女、买菜做饭、家里家外,养花弄草、吟风咏月、忙里偷闲时候畅游大自然的愉悦心灵体验,哪一样哪一桩又是快意人生所能缺少的呢？而能让自己的女人在婚姻生活里"始终保持着一颗敏感而细腻的心"，这样的男人，这样的成功，才是真真可赞可叹的。

在后生晚辈面前丝毫不掩饰对"她"的爱，爱得热烈坦诚而不做作，这又正像一个孩子。是的，拥有童心童真童趣的男人才可以体味和创造出生活的活泼新鲜，才可以保有对未知的渴望和向往，才可以不为时光消磨了意志、不为生活的惰性囿于既有的人生轨道，才可以贫而不失其志富而不失其礼，才可以让爱着的女人用一颗优雅浪漫的心敏感而细腻地与他相知相望于深情的生活的海洋。

灵与肉

　　学者吴森说到中美婚姻观念的不同：美国人对男女之事的态度，是"好奇式的"（wonder），而中国人则是"顾念式的"（concern），美国人太易移情别向，中国人太易许以终身。

　　可以引用一段外国影片中的文字作为此话的脚注。

　　Drink wine, this is life eterna——品酒：永恒的人生

　　This, all that youth will give to you——酒，让你回复青春

　　It is the season for wine, roses,And drunken friends——是美酒、玫瑰，把酒狂欢的季节

　　Be happy for this moment——要及时行乐

　　This moment is your life——此刻便是你的人生

而电影《海角七号》中作为铺陈而用黑白画面叙述的那段天各一方、阴阳相隔的"顾念"则可作为另一注释。

　　东方文化中,无论爱或婚姻,许以终身的竟不止性和肉体,更可怕的是魂灵和精神的追附,是念念不忘喋喋不休的追忆和回望。恐怕上面那句英文正好可以反过来说,因为爱,因为婚姻,your life is this moment 。这一刻不是美酒玫瑰把酒狂欢和及时行乐,却是灵与肉的托付,是半个世纪的顾念,是一生等待与守候的沉重。

爱到陌路

从爱到爱，就好似从一个站点驶向下一个，走着既定的轨道，看着司空见惯的风景。爱是爱的终点，一切顺理成章，不需要太多理由。由爱到恨，则恐怕要经历太多无常。仿佛行驶在盘旋上升的盘山道，爱无限地接近它所能达到的让人窒息的高度，让人痛却快乐却疯狂却无法正常思维的高度，却未曾预料爱会在某一个地方戛然而止。因此，爱得越深，走得越远，倘若一方再也没有办法走下去，对于另一个，这份爱便无可避免地变成恨。为什么让我爱上你？为什么牵着我的手走得那么远却不给我一个爱的终点？于是爱的海拔，便成了恨的高度。在爱与恨的巅峰，让泪水奔涌出来，让泪海一遍遍地冲刷那座山峰，让爱和恨轰然倒塌。或许，爱到陌路，才是真的结束。

拯救婚姻

婚姻就像衣服，穿久了，便会脏，会旧，会不小心留下刮蹭，而无法指望它一如既往的光彩照人。只是，脏了的时候，记得洗洗干净。破了的地方，记得缝补好。这样穿着，几年或几十年如一日，虽不再光鲜，却尚能抵风挡雨，遮羞御寒。而刻意留下的伤痕，哪怕打好补丁，也会显得触目惊心，会让爱的人无法释怀。每个人对婚姻的态度不同，珍视它，总会翻旧如新。

婚姻不是一件外套，可以轻而易举地穿上和脱下。或多或少它已经主导着你的生活乃至融入你的生命。故此对它哪怕再痛再恨，放下或离开依然不全部是解脱和轻松。也许生活从此刻开始，进入的是另一种负担和沉重。

婚姻伴随着人的成长而成长，而男人和女

人也在婚姻中得到成长。爱情可以固执，婚姻却一定要豁达。爱情可以只是索取，婚姻却一定要懂得付出。爱情可以只是地老天荒的诺言，婚姻却总是夕阳黄昏后的归宿。

爱情是男人的彼岸，婚姻是男人的此岸，对于女人，则正好相反。渴望完美爱情的男人往往坠入一段世俗的婚姻，渴望理想婚姻的女人，则往往被不成熟的爱情遮蔽了双眼。

我们渴望什么呢，无论爱情，还是婚姻，极致的完美是不可求的。我们总是一路跌跌撞撞带着伤痛上路。好在更多的时候，爱情和婚姻是保护我们的盔甲而不是带来伤害的利器。

爱，如果只是真，还不足以换取一段婚姻。当爱存着恶的因、丑的前提，那么，爱得越深越真，吞噬的便是更可怕的恶的果，面对的也只可能是万劫不复的深渊。唯有真善美皆具的爱，才算是播下了真正的爱情的种子，才有收获长久的婚姻的可能和希望。

婚姻，是爱情、亲情、责任、道德、契约组成的混合体，当所有这一切都没有了，婚姻也就该结束它相伴终老的使命。而如果哪怕只存有其中的一样，婚姻便有在生活的惯性中继续下去的可能。

婚姻只是一种形式，一个空壳。注满爱、亲情、责任、道德的婚姻不需要拯救。哪怕这段婚姻看起来没有与之相匹配的耀眼的权势和地位，哪怕它只是下里巴人相濡以沫的平凡日子。是的，需要拯救的不是那些日益滑向深渊的婚姻，而是我们对待爱和婚姻的态度，是我们的灵魂。

婚姻是一双鞋，只有穿在脚上的人才知道合不合脚。只是现实生活中的很多人，哪怕发现这双鞋并不合适，也无法脱下。于是他们选择拖着这双不合脚的鞋，"拖着"自己的婚姻向前。

印

　　仿佛万千纷乱中的姻缘被一根红绳轻轻系牢,又仿佛一楫轻舟渡着两岸的望眼欲穿。印,是一种郑重其事，不论这种郑重其事的起因是一场看似轻松诙谐的闹剧，还是一个有如祭祀般庄重神圣的仪式。你只需记得，印是爱的图腾,是爱的庙宇和神殿,它的形式和内容都已糅杂和赋予太多的精神象征；而如果一个男人的身上有了因你而留下的印记，你和他之间便注定有一份前世的铭记、来生的承诺和今生的责任。

又说婚姻

经历过婚姻中的暴力的女人总是会在这种经历中变得坚忍。虽然对桎梏自己的婚姻不再抱太多期许不再做太高要求的同时又仿佛还存有对美好生活的向往，可是，在这种矛盾的挣扎中跳出樊笼的女人毕竟是少数。当一而再地碰得头破血流后，大多数女人会认命。她学会不去触碰已经结痂的伤口，或者哪一天又添了一道新的伤口，她也已经变得麻木。是的，她可以委屈自己，她可以只活在自己苛求完美的精神世界里，用自己的道德底线来维持夫妻间的名分。

虽然爱情并不一定会以婚姻为结果，完美的婚姻却必定是要以爱为基础的。这种爱，不是肉欲的烈焰或者情感的烧灼，不是一时的激情冲动或者毫无理智的迷恋，而是可以穿透和照亮岁月的幽远的灵魂微光。

婚姻生活中总会有磕磕碰碰总会有分歧和争执，其实这些都不可怕，可怕的是两个人把它们当成利剑投向对方乃至对方的父母从而彻底地伤害对方，而不是把它们当成共同的问题去面对和解决。如果两个人都是爱对方的、都愿意为对方奉献和牺牲，那么终将收获幸福来弥补自己的付出。

真的爱

真的爱,爱便是最可怕的伤害对方的利器,也是最有效的疗伤良药。你会痛,会因为爱而生出最悲怆的感怀;你也会笑,会因为爱而释放出世间最丰富多变的情感。你会把思念和重逢搅拌成一杯略带苦涩和醇香的咖啡,你也会因为爱的不可得、爱的不能相守而受着希望、失望的轮番折磨。倘若这份爱不曾存在、不复存在,那么,便哪怕是狂风暴雨也不能伤你分毫。

真的爱,千山万水也不能阻隔。真的爱,哪怕万水千山,也会奋不顾身朝着对方的方向生长,哪怕只是遥遥的灵魂对望,哪怕只是含着泪笑的一双眸,哪怕只是刻在云端的千里迢迢的一份顾念。

真的爱,总是百转千回地逃离,复又千回百

转地折过身来寻觅。

真的爱,哪怕七分思恋,三分相守。

面对爱的甜蜜诱惑,我们往往太过轻率;面对爱的艰涩责任,我们却又太多犹疑。

爱,是婚姻这道大菜当中的盐,少了它,表面看来再活色生香的婚姻也是索然无味;有了它,看似平常的家常小菜也让人欲罢不能。

幸福婚姻的秘密

幸福的婚姻,往身后看,会有相互支持着走过的艰难，你会为这份艰难中的相濡以沫而欣慰;而向前展望,你的心中更会充盈着一种渴望,一种幸福。这种渴望和幸福无关乎金钱地位权势,因为刚性的物质需求在这个阶段大体已经得到解决。而对生活的热爱,相同的人生理念和生活情趣以及心灵感受,这些精神和情感因素才是使婚姻保持长久新鲜和活力的法宝。我总以为优越的物质条件带来的只是生活的舒适和质感,而精神的愉悦还是要从精神世界中去寻找。

幸福的婚姻在于彼此的信任和信心,另外还有一条判断标准,就是当你站在这个当口展望婚姻的前景时,你有的是憧憬还是恐惧。

幸福的婚姻在于可以在对方需要的层次上满足彼此。

爱的理由

也许"理性"从来不是爱的起点,就像我们并非在将对方的各种条件算计权衡一番后,才决定要不要开始"爱"。当爱时,我们大多说不出"爱"理由,甚至认为,爱根本不需要理由。我们被感性的浪漫轻柔地包裹,一心一念体会此时此在的美好,我们的世界突然狭小到只容得下彼此,只看得见彼此;我们又像一叶舟楫,在溶溶月色下任由东西,无论去哪,无论下一刻是静流还是险滩,都那么的愿意……

事实上,世上没有无因由的爱,没有理所应当的爱,没有不需付出即能获得的爱,亦没有付出即必定得到的爱。

我们总会在心里预设一个 schema,而这个 schema,也必是你之前有限人生经验里所闻所见,那些具体的"他(她)"的性情的美好,或者"他(她)"的可恼之处。剔除那些你所无法接受的,再照着它,去寻找那个梦中人。他(她)的笑,他(她)的体貌,他(她)的风度,未见得是那般清晰可见,却又是一笔一画依着自己的心意勾勒出来的。他(她)的情深而款款,自然也须极合了自己的心思。而当遇上他(她),这个schema便云烟般散去,只剩眼前这个清晰而明了的人儿。你似也忘了曾经有过这样一个schema。于是你会说,我真的不知道为什么会爱上他(她)。

爱因"缘"生,亦须因"缘"而聚,这第二个"缘",便是你所遇到的那个,也必须是在心里有一个你的schema。不然便只是郎有情、妾无意。而恰恰是投缘的一对,合了彼此的胃口,却还需因"分"而"守"。这个"分",便更多是外在条件的促成或束缚。恨不相逢未嫁(娶)时算是无奈的一种吧。

缘分是一时还是一世,则需在相守的岁月里付出努力和真心。如冬日里烧木炭的暖炉,需及时添薪加火才不至于熄灭。将睡前,还需将剩下的零星的火炭用炭灰小心地拥掩,第二日方可引着。所以我们说,没有理所应当的爱,爱总是因爱点燃,为爱吸引,被爱创造。

经年累月的相处中,设若一个走得太慢一个走得太快,一个向了左一个向了右,如此这般,爱必定冷却成灰烬。而当爱成为习惯、成为日常起居、成为无意识的时候,亦是最需惴惴付出心思的时候,有意识的爱,有意识地付出恰当的爱——这里用了恰当这个字眼,是因为我们应当经常地了解对方爱的需要的内容和层次,尽管有情感的波动,却需要使双方爱的基础水平尽可能地保持一致,并不断提高爱的基础水平。唯如此,方可让爱时时流露出活泼的颜色和生气。

爱情与婚姻

爱情的情绪的跌宕起伏与情感的冲突是不可思议的。上一刻你可以爱他(她)至云霄,下一刻却想着如何躲避与逃离;情至深处可以为他(她)蹈火赴汤,当爱没有得到及时回应时,又恍若置身迷雾、无端地怀疑起爱的真实;或者明明下了决绝的决心,却又顾念频仍。正如马里奥·巴尔加斯·略萨所说"我认为爱情,是一个人所能经历的最具争议性的感情,当一个人在爱与被爱的时候,他所经历的情感冲突是最强烈的。"

但我以为这样的强烈的情绪体验与情感变化只是爱情的一面或者一时。爱情本身是一枚水晶,只因多棱的镜面而随境时的变化折射出各不相同的光泽。或者灿若星辰,或这缈若云波。青春年少时,爱情是所追逐梦想中最旖旎迷离的部分——最是止渴之鸩,却又从不乏置身不顾、妄言为爱生为爱死者。仿佛它是只属于自己的生命的一瓣,可任由自己的主张给去或收回,任由自己的性子毁弃或重塑。又仿佛它是生命的全部,若非撕心裂肺般刻骨的爱恨不足以证明它的存在的彻底。

但人不可能一辈子处于"变动不居"的状态。爱情总要从相对的"动荡"转向相对的"静止"。当爱情从惊涛骇浪、波诡云谲驶向婚姻的港湾,它所呈现的便是爱情平静和缓和的一面。我不赞同婚姻是爱情的坟墓。我愿意这么想,婚姻是爱情的一部分,生儿育女是爱情的一部分,聚散离合也是爱情的一部分。或者至少,婚姻与爱情是互为依存的。年少青春的爱情是诗歌,是不断的尝试与触碰,是抖动着鲜亮的绸缎,多的是变化的节奏与光泽。而婚后的爱情是充满"琐碎"的细节描写的小说,这些细节是充满生动的真实,是深沉的情感河流里偶尔打着旋的水波。自然,这些生活的琐碎细节会像尘埃一样落在心底的绸缎,使它渐渐失去光亮。但绸缎还在,只要还有力气,便可以在阳光下抖动这块绸缎,让它闪动鲜亮和光泽。

爱与爱情

　　爱情的美好,在于它的新鲜可人,在于它的神秘未知与不可捉摸:总是在你轻轻触碰它时,它又翩跹着离去,余下一些芬芳和炫彩让你神往和迷离。又总是在你失望和无措时,将你的心偷偷地系牵着,一丝丝入扣,一寸寸俘获。追着它去,你愿淌那漩涡急流吗,那不可测的情深,和黑黢黢的爱的寂寞;放手作罢,你愿舍那醉眼酥唇、那明亮灼人的情爱和辗转缠绵的思恋吗。爱情的左右为难,总是让人凄凄冷冷清清,复又真真切切嗫嚅。总是让人一边恨不能把爱着的那颗心捧在(她)他眼前,仿佛语言的表达不足以道万一;一边又猝不及防地闪躲了去,仿佛那双明亮的眼睛将要看穿了自己的心,尽管这颗心对爱情不曾含一丝亵渎,在那样一双明亮的眼睛的注视下,也会不由自主惴惴地问自己,是我的爱情给得太多吗,还是不够甜蜜和美好。爱情的喜忧的河,就在这样反复左右为难中不歇地流淌着,流过莺飞草长的堤岸,流过细石软荇的浅滩,也流过奇石幽谷的深壑,流过一望无际的荒漠……不用担心爱情会在荒漠中蒸发,苏霍姆林斯基说,"爱情,就像进行创作和教育孩子一样,要付出巨大的精神的和意志的力量。"同样,我们也相信,爱情又像创作和教育孩子一样,会让你在艰辛和痛苦中收获巨大的精神和意志的力量。

爱情又是伤人的利器。世间最大的伤害和因之而生的最深切的痛苦,莫过于给她(他)爱情或者爱的希望,却不去爱她(他);或者是说,根本不能去爱她(他)。因为希望总是比失望更能折磨人,当你怀着爱情的希望的时候,你不肯放手,也不肯给自己重新开始的机会。你一心一念地在原地等待,生怕错过了她(他)的回头,生怕错过了与她(他)的重逢。如果有一天,你遇到了那个可心的人儿,如果那真的是一个值得你爱的对象,那么,先要问自己的,不是要给她(他)怎样甜美芬芳的爱情,或者你要如何用了自己的真心去爱她(他);而是要问问自己,你可有爱她(他)的权力,你的爱是否是在道德义务的范围之内,你的爱情对她(他)来说,会否是一种伤害。

爱情,不是 Mr.BEST,而是 Mr.RIGHT。因此,不要轻言爱情,更不要轻易地付出爱。珍惜上帝赐予我们的大胆地去爱的勇气,也珍惜上帝赐予我们的得不到爱时的宽容,更要珍惜上帝赐予我们的分辨爱情对错和真伪的智慧。因为,一旦付出爱,哪怕不是一辈子的相守,也要在相知的那一段光阴,付出信任、忠贞与尊重。不要让相互的不信任玷污这份感情，不要因一时的错误放弃那个倾心爱你也为你倾心所爱的人，也不要因岁月的琐碎和对物质的追逐轻慢和忽视了那份情感。信任、尊重、忠贞是爱情大厦最坚不可摧的基石,而丰富的精神生活也将成为爱情之火取之不尽的燃料。

论婚姻

1

于丹在一档访谈节目中谈到她的婚恋观。她抛出这样几个观点,"一是你们精神生活上真的有默契吗?在价值观上有认同吗?他的气场是否罩得住你,让你有一种精神上深刻的依恋?二是你们的社会生活能否够融合? 恋爱是两个人的事,但婚姻是两个社会群体的事。最好的婚姻就是融合,认同彼此的圈子,爱彼此的亲人,接纳彼此的朋友,因为有彼此,你们更爱这世界的一切。三是你们的性关系和谐吗?这是一个极其重要的指标。"我非常赞同,且认为第一条是最为关键的。

婚姻不仅要有形式,更要有血肉,要有情感作为基础来巩固和丰富婚姻。物质基础是很重要,但这个问题可以量力而行,可以循序渐进,更可以通过精神生活的调节、引导、平衡来弥补它暂时的短缺和不足。人们常说，穷的时候"钱"可以解决一切家庭问题，富的时候"钱"却制造了一切家庭问题。这句话有对的地方，也有不对的地方。不管是穷和富，精神和情感才是婚姻的灵魂，是婚姻正确方向的导师，是婚姻的心灵密友。对彼此精神与心理上的依恋才是婚姻存续的关键。婚姻的一个重要任务就是继续培育和发展从恋爱中走来的男女的情感性、心理性依恋。当婚姻抽去了情感和爱，或者终止了培育情感和爱的任务，两个人的关系只剩下责任、义务、良知，婚姻的存在价值和意义是要打折扣的。

从哲学的角度来看，婚姻生活中的夫妻是最不可思议的矛盾统一体。他们希望保有个性，却又不能不为了婚姻的和谐做些妥协和让步。往往是恋爱让两个看似独立的人变成一个人，双方极度渴求社会、心理、生理需求上的同步与一致。而婚姻中，两个看似一体的人，双方或者至少会有一方，极度渴求精神和思想的自由。在婚姻初期更是如此。当然，对婚姻有着超强感知力、领悟力的男女，能够在追求自身精神与思想独立的同时，仍然对对方的优缺点报以欣赏和接纳的态度。

精神生活的相互默契、价值观上的相互认同往往很难做到完美。我认为大同小异即可，能做到求同存异、异中求同则更好。性关系的和谐，大致来讲，因为这个问题分手的不占绝对数量。社会生活的融合，也是求同存异，异中求同。但精神上的相互依恋或者说心理上的相互依恋是最重要的。这一点非同小可。我们说婚姻是避风港。有什么话,有什么开心的事、烦恼的事,最愿意说给那个人听,最愿意让那个人来分享或分担。如果那个人是你的另一半,很好,婚姻绝对 OK。但如果是情人、朋友或红颜(蓝颜)知己,显然婚姻关系出了问题。如果另一半的心门锁住了,对你只剩冷淡、冷漠、旁观,只行夫妻之名义、之义务、之责任。这样的婚姻是没有生气和活力的,对双方都是折磨和桎梏。

那么,让精神上或心理上的相互依恋生长、发展而不停滞、消无,便是重要课题。

2

让精神上或心理上的相互依恋生长、发展而不停滞、消无,便是我们常说的经营爱情、经营婚姻。但我一直不喜欢"经营"这个词,多少有些买卖和逐利的意味。成长或培育似乎更好,就像人的成长,从婴幼儿期到童年期,从童年期到青少期,再从青少年到心智成熟的成年期。当然,婚姻也免不了要经过紊乱失调的"更年期"。正因为婚姻的成长要经历这样一个历程,出现"问题"甚至是"错误"就是在所难免的。关键是面对婚姻"问题"时双方的态度,是逃避、掩饰、扩大化甚至就此抛弃婚姻,还是正视和积极妥善解决。

我们的家庭经济条件改善了、发展了,双方或一方的社会地位提升了,婚姻的情感性一极却停滞不前甚至日渐枯萎。这才是最可怕的。客观的原因当然有。但更多的应从主观上去找寻。通常,这种情感的停滞或枯萎基本上是双方的责任,而不是某一方。当然也有例外,比如一方缺乏理智、形成惯性的言语暴力和肢体暴力,或者家庭责任感的严重缺失等等。

当婚姻的一方向你宣布 TA 的心理变得足够强大,强大到不需要你的庇护、强大到从心理上对你不再有任何依恋、强大到可以脱离你的视线,问题其实早已出现,只是你太过麻木没有发现而已。心理再强大的人也有脆弱的时候,你必须了解和知道;心理再强大的人 TA 的心理强大也有一个过程,你必须是 TA 心理逐渐强大历程的见证者甚至参与者,你必须在这个历程中体现你应有的价值和作用,而不是冷眼旁观或者嗤之以鼻。如果这样,你最终会沦为自己婚姻的旁观者甚而被驱逐出局。

人是情感性动物。当婚姻中的一方倾心付出却得不到回应、尊重甚至遭到漠视时,TA 总会转而通过其他方式寻找满足。比如把所有时间和精力放在抚育孩子身上,又比如追求事业的发展并从中收获尊严和认可,最可怕的便是婚外情。无论男女,其实都渴望在婚姻中得到情感和生理的满足,得到心理上的支持。如果一方犯了错,另一方是否也应当冷静地思考自己给对方的关爱是不是不够多、不够恰当。

再回过头谈如何使婚姻双方在精神和心理上的相互依恋不断成长。首先,当我们有一个较好的情感基础,便应当以此为基点,努力让爱像一个螺旋体一样向上、向前不断成长。就像前面所说的,这个过程中会有"问题"或者"错误",这时,双方愿意付出努力的心态很重要。就像孩子的考试,如果平时足够用功,是不必担心考不及格或交白卷的。哪怕失败一次、两次,也容易得到老师和父母的谅解甚至鼓励帮助。而平时不用功、不上心,遇到困难、挫折,问题便暴露出来了。其次,爱是需要智慧的。无论在生活的哪一个阶段,双方要及时制定出一个需要共同努力才能实现的目标,比如家庭建设、比如教育孩子。它是连接双方情感和思想的桥梁和纽带。如果各自为战、各自为阵,各忙各的,各奔各的,思想和情感的交流便会出现荒漠地带,共同的价值观和默契情感的培养更无从谈起。第三,平等和尊重永远是解决婚姻问题的良药。这一点也是最容易被忽视的,而且常常出现错误的做法。爱一个人不是要去"统治"TA、"占领"TA,也不是要委曲求全、一味忍让。而是从内心真正的关心和在乎对方的感受,在人格、精神、思想等各个方面相互欣赏,这样才能真正接受、共处和长久,这才是真正的尊重。

3

如果说苦难能让人成长,能让人更明了人生的意义,能使人在面对不幸时具有更加强大的心理免疫能力和重启生活的能量,那么婚姻中的坎坷和波折,也总能让人更深刻地理解和洞察婚姻。只有离开过才知道不舍不弃的含义,只有残缺过才知道完整的价值。事实上,幸福的婚姻远非没有缺憾,没有争执,没有困顿和不幸。就像我曾经写过的一句话,缺憾是完美人生的一部分,那么缺憾也是完美婚姻的一部分。而之所以在历经种种之后还能感受到幸福,一是因为本来就有的深厚情感基础，二是面对问题不推脱不逃避的积极心态。前者让彼此因为婚姻而更加热爱生活，更加感受到生命的美妙；后者能让彼此视婚姻为一个鲜活的有机体，视婚姻的成长为一个不断完善的过程。但是我们往往缺乏这样一种婚姻或者说人生的智慧。一事一遇，其意义不仅仅在于解决当下的困境或矛盾，而在于尽可能的从挫折中吸取正面力量，在于推己及人、推此及彼，获得面对问题时的长远眼光和豁达胸怀。

情感丰富的人对婚姻品质有更高的要求，但问题往往相伴而来。从某种意义上讲，情感丰富的人对婚姻"不幸"的敏感度远比对婚姻"幸福"的敏感度高。他们获得幸福的意愿和能力很强，却往往在追求幸福的道路上舍近求远，舍本逐末，舍里求表。或者他们将情感从生活中剥离出来，视情感为生活的真谛，却不知情感的真谛是要向生活中去寻找。若人生是载舟之水，婚姻是履波之舟，则每个人的婚姻都在循着人生的大方向流动。这种流动不是随波逐流这么简单，是需要我们时刻修正方向，以避过暗礁的。更需要记住的是，人生之河在流动，却并不必然带动婚姻之舟的流动，我们必须不停歇地赋婚姻之舟以能量和动力。

俗世中的男女，婚姻的幸福是一切幸福的基础，是一切幸福的前提。当然，婚姻不是生活的全部，爱情、友情、事业、梦想、奋斗、自我实现……所有这些让生命变得更丰富更完整。但唯有婚姻是我们不歇奋斗的意义和目的所在，是我们喜悦之心或悲伤之灵的安顿之所。就像一张蹦床，它既是我们每一次弹跳时动力之所出,也是我们停歇时蓄力之所在;只要不跳离它的保护范围,婚姻将永远是我们情感和生命的安全屏障。

婚姻的或者绚丽或者朴素,或者繁芜或者简洁,其本身就是一种意义,更莫论它们让生命的花园变得生机盎然、妙趣横生。当我们仅仅迷恋于其色其味、其形其状,或者妄自顾盼、不知所据,往往与婚姻的真谛相去甚远。任世间百媚千红,我只爱你那一种。这份对爱的坚持、信任与尊重,也许才是婚姻的真谛。把握婚姻的能力,是因人而异的。有人一开始就深深地懂得这一点,所谓由知导行,少走了很多弯路,也懂得经营婚姻;而有人自始至终浑然不觉,所谓我行我素。对他们而言,婚姻就是吃饭睡觉生儿育女那么直白率真,而生活就是生活本身,没有更多"剪不断""理还乱"的情趣、浪漫;还有些,须历经、须体悟、须沉浮,所谓行然后得道。这是多数。他们追求理想化的婚姻,重视婚姻的情感性一极以及双方的获得,却往往在现实中碰得头破血流。其实,这三者似乎应兼而有之。比如婚姻要一点先知先觉,它让我们带着审视和理性的态度去主导婚姻。比如婚姻也需要一点不知不觉,用乐呵呵的心态啜饮生活的原汁原味。比如婚姻还要有一点后知后觉,执迷而悟,而成长,而善存,而长久。

4

对于孩子而言,婚姻最基本的意义,就在于一个完整的家。从理性认知上来讲，孩子未必知道完整或残缺对其人生的长远影响，但他们依然能从情感上感知完整和残缺的区别。因为孩子物质和精神世界的完整美好大多是以父母间情感发展的走向为基础的。当然，绝大部分的中国父母是很愿意为孩子付出的。体现之一即可以为了孩子而放弃个体的情感需要。孩子长大后会否因此而感恩戴德，结论尚不可知。但伦常确实最大限度地维系了婚姻、家庭和社会的稳定。幸福的婚姻，会以婚姻为元点长成枝繁叶茂的参天大树，男女双方可以从中获取最大的发展完善的社会资源和情感动力。而不幸的婚姻，则往往以婚姻为元点铺开一张错综复杂的网，将婚姻中的男女捆绑得不可动弹，即使厌倦也只能了了，因为鱼死网破的勇气不是人人都有的。

西方社会更为崇尚爱情至上的简单婚姻关系。正如恩格斯所说，没有爱情的婚姻是不道德的。而东方社会，亲情的力量远比爱情伟大、持久和深刻。经由爱情或者未经爱情而衍生出来的亲情及姻亲关系在中国式婚姻里，有着不可撼动、天经地义的地位。社会认知如此，个体认知也深以为然。中国式婚姻姻亲关系的重要性是西方人所无法想象的。深层次的原因，我以为还在于由来已久的东西方文化的差异。在西方社会，无论是自由主义还是保守主义，对个体自由的崇尚、对个体价值的推崇都是无以复加的。表现在婚姻家庭关系上，即大可以因为爱情的枯萎而选择终止婚姻。正如比较哲学家吴森所说，美国人对男女之事的态度，是"好奇式的"（wonder），而中国人则是"顾念式的"（concern）。引一经典笑话佐证。一美国人与一中国人交谈。中国人说,你们美国人太随便,一见面就要上床。美国人说,是你们中国人太随便,一上床就要结婚。哂笑之余,东西文化之差异可见一斑。

特定的社会生态孕育出特定的文化传统,特定的文化传统又反过来影响特定的社会生态。福祸相倚兼命中注定的东方思维,到最后总能让大多数中国人从幸或不幸的婚姻中获得柳暗花明又一村的精神力量。这种精神胜利法固然不足以得到褒奖,但它的功用却不总是消极的。五千年中国文化的浸染之下,大多数人已然将婚姻的主体定义为男、女、孩子及由此产生的姻亲关系等种种,而不仅仅是男女;已然将婚姻的主题定义为爱情、亲情、责任、道义、契约,而不仅仅是爱情。因而看似复杂的婚姻问题,似乎也就简单到对这一观点的认同与否。认同这样的观点,便不会过多地产生情感上的纠结和矛盾。即便暂有纠结,也能较快地凭借生活的惯性回归婚姻、回归家庭。而如果本来就是不认同的,则大可以去追求自己向往的以爱情为唯一手段和目的的婚姻。

5

爱永远是婚姻存续的首要和必要条件。但又不是唯一条件。其他的,我以为尊重、信任、欣赏是最重要的。

婚姻中男女之间的关系是很奇特的,比起其他非特定人群中的男女,这种关系复杂也微妙得多。对于女人而言,她希望这个男人如父如兄，体己而大度。对于男人而言，她的女人最好是妻子、情人与朋友的综合体。正如钱锺书先生于小说《人鬼兽》上所书的一句话，"赠予杨季康（钱先生的夫人，本名杨绛），绝无仅有的结合了各不相容的三者：妻子、情人、朋友"。其实这句话又未尝不是做妻子的愿望。女人也是希望自己的男人在婚姻中扮演好这三种角色的。

于妻子或丈夫的身份而言，我们要求更多的是信任，或者说相互的忠诚。旧式女子大门不出、二门不迈，夫妻间的信任、忠诚于丈夫而言，几可在一个可见可控的范围内。而女人作为男人的附属，作为男人三妻四妾中的一个，哪儿还有猜疑的权利。最可悲的是"三从四德"如紧箍咒般将女人牢牢绑缚。现代社会给了男女形式上的平等。女性与男性在生活空间、工作领域、人际关系上的差异越来越小。在家庭建设、后代哺育、工作升迁等等问题上，女人拥有了与男人几乎对等的发言权。但这形式上的平等，仅就信任这一条而言，似乎也是不可能平等的。女人在道德上所处有的是先验式的劣势。这种劣势根植于旧有的封建社会男尊女卑的意识形态，可谓"只许州官放火，不许百姓点灯"。如果套用法律术语，女人若有可疑处，大可以疑罪从有，男人则恰恰相反。且舆论的责怨更多地是指向女人的。所以信任是最艰难的一条。尤其是对大多数男人而言，爱可以不要，尊重可以不要，欣赏可以不要，忠诚才是最重要的。所以什么时候男女间的信任从形式到观念、从过程到实质都对等了，婚姻中的问题估计将减少一半。

婚姻中的男女果能如锺书先生所言,还有些"情人"的况味,这大概是蔚为奇观、并让人不甚低回的了。其实这一条说起来也并不难,只要在相处时多些欣赏罢了。但做起来却并不容易的。我写过这样一句话,"日久而生情和日久而生憎是一样的可能。"恋爱时情人眼里出西施,婚姻生活中如能依旧保持相恋时的新鲜更兼欣赏,真是难能而可贵的。因其难能而坚持,却又是了不起的。从主观上来讲,需要彼此愿意为爱和婚姻的长久而付出真心和持久的努力。从客观上来讲,它需要彼此间一定的爱的基础,需要给彼此适度的个人空间,需要赋予情爱与性爱一定的技巧。而对男女双方而言,都还有最重要的一条,那就是个人的成长。婚姻的存在如果是束缚个人成长的,婚姻也将随着个人成长的停滞而停滞,而如果婚姻的成长促成了个人的成长与完善,使彼此愿意成为对方眼里最好的人,那么婚姻也将同样变得美好。

　　对彼此人格与精神"朋友式"的尊重也是不可或缺的。Tal 在他的"幸福课"里说,不对泛泛之交做的事,也绝不对最亲近的人做。可我们往往最容易忘记这一条。因为处得久了,似乎就不用分彼此。不分彼此是一种亲密,但又最容易在精神和肉体上造成伤害,而且是可怕的伤害。如果说"情人"般欣赏是要为彼此的相处创设一些美好的距离,和一些奇妙的异质,尊重便是有分寸地保持这种距离,便是对异质的宽容与支持。

　　幸福婚姻的等式,左边写着男与女,右边则是爱,信任,尊重,欣赏,体谅,宽容,理解,等等一切美好的词汇。

6

美好不是婚姻的全部,哪怕尊重、信任、爱与欣赏是同时具备的。因为婚姻是存于俗世的有机体,经风历雨,总免不了磕磕碰碰,也免不了节外生枝或心生旁骛。但这并不妨碍我们对婚姻的善待和坚持。我想之所以我们能这么做,唯一的一个前提就是,婚姻的存在以其目的性价值而不是工具性价值为旨归。也就是婚姻中的男女是因为爱而走到一起,走到一起又是为了未来共同生活的美好,而不是出于利用彼此的目的。当然,没有一点私欲的爱像没有一点杂质的空气一样不可能。当我们把自己放在天平的一边,自然是希望天平的另一边有着足够的、且最好是超过自己的重量来"提升"自己的。就像老人们常说的夫荣妻贵,男怕入错行、女怕嫁错郎。但问题也就出来了:婚姻的工具性价值如果仅停留在通过对方"提升"自己并期冀一劳永逸,看似"提升"也恰恰暴露出自己的不足,其结果也许就是得不偿失。

人既是目的又是工具。婚姻也一样,其工具性价值并非百无一是。其最大意义就在于激励婚姻中的双方以对方为参照物不断完善自身,也不断共同的提升和成长。如果把婚姻比作天平,其最佳状态不是一方以绝对的"重量"优势使天平保持静止不动,而是在静止与失衡中保持动态平衡。构成这种动态平衡的必要因素,则既有情感性的,也有物质性的。生活中我们总是追求人生、人性、婚姻的和谐。事实上,变易不居才是人生的常态，人性的常态，婚姻的常态。你重我轻或者你轻我重；你高我低或者你低我高；你追我赶或者我追你赶。婚姻的趣味与活力由此而生。所以，善用婚姻的工具性价值，是一种了不起的智慧。经由这种智慧所达到的，必定是更高层次的精神的愉悦与满足。但这种智慧不是从来就有的，这又回到了开头我们所说的。之所以历经风雨依然能牵手同行，是因为目的性价值才是婚姻存在的旨归。

这一目的性价值不只是指向终了，更发始于起点，又更铺垫了整个生命的过程。正因为有了开头善真与美的爱的追求，有了"知所由"，才会一路奔流而去"知所往"；正因为有了善真与美的爱的目的，才会风雨兼程不悔初衷。如此看来，以爱为根本的"目的性价值"是婚姻存在的旨归是不错的。它是"神明之眼"，是灵魂之光，又是黑暗里的油灯。它的光明和混浊，决定了婚姻的幸福、长久与否。当它照耀得丰腴的时候，我们所要做的，就是毫不犹豫地剪短灯芯，就像修剪掉我们过多的欲望；当灯光微弱时，我们所要做的，则是续添灯油或者旋动开关，就像拨亮我们对善真与美的渴望。

7

当爱情的行进遇到阻力，我们多愿意自己是一篇檄文、一把匕首、一道闪电；对婚姻的态度，却温和许多。我们似乎有着超乎寻常的耐心去处理与婚姻有关的一切事情，无论好坏巨细。一是因为它已经有了存在和继续存在的合法基础。犹如一道城池，筑起这道城池有多不易，毁弃它便同样有多不易。二是因为我们每一个人，无论是爱、冷漠、恨、不爱还是继续爱着，总不愿意那么绝决地把自己推向不可挽回的地步。一段婚姻的开始，更像是一次漫长的马拉松。如果我们能一起跑到终点，一定不是因为我们跑得有多快，而是因为我们有足够的耐心、足够的坚持。

但是，婚姻以及随之而来的自私地占有与等量齐观的嫉妒，在或多或少地使我们的灵魂变成它的奴仆的同时，也在消减我们的耐力。没有谁愿意自己的灵魂成为婚姻的仆役。正常情况下，在成为自己的主人、婚姻的主人、婚姻的仆役三个选项之间，我们毫无疑问地会抛弃第三个选项。只是，还有没其他可能性。比如，我们可以首先是自己的主人，然后兼而成为婚姻的主人，甚至我们心甘情愿地成为婚姻的"快乐的"仆役。这便取决于婚姻中的男女如何看待婚姻中的占有和嫉妒，以及我们如何看待事业家庭、人际交往、灵魂的自由。

首先，没有排他性、自私和嫉妒的婚姻是不存在的。在离婚率不断攀升的现代社会，婚姻俨然成了阵地，一个由男女双方共同据守的阵地。面对失守的种种可能，我们总是希望对方和自己一样顽强；面对入侵，我们又总是希望对方和自己一起奋力抵抗；最不希望看到，是一方或者双方不告而去。对婚姻而言，排他性、自私和嫉妒永远是男人或者女人最后放下的防御武器。

其次，哪怕是在一段最完美的婚姻当中，也不能忘记唯有自己才是我们内心真正的主人。我们也总是经由成为自己的主人，才继而成为婚姻的主人。如果我们不能保有自主而自由的灵魂，不能去做自己的选择、实现自己的选择以至于坚持自己的选择的结果，又怎么能够确认我们对婚姻的选择与坚持是一种正确、一种善真。同样，当一个人用婚姻与你交换自由，我们要考虑的，不是我们的自由有怎样的意义和价值，而是这样的婚姻有怎样的意义和价值。

最后，我们是否"心甘情愿"地成为婚姻的"快乐的"仆役。这里有互为条件的两个要素：一是心甘情愿，二是快乐。没有心甘情愿，不会有快乐。没有快乐，亦不会心甘情愿；还有一个必不可少的前提，仆役和主人角色的互换。再有一个不容置疑的背景，彼此深深的爱，以及由爱而生的感恩。当满足了这三者，我们大有可能快乐地、心甘情愿地成为他或她的奴仆。

当有人说婚姻是爱情的坟墓时，我更愿意说婚姻是爱情的摇篮。因为真正的爱情总是以婚姻为起点、为归宿。而如果说事业和家庭是一对矛盾，我也相信，这对矛盾一定不是不可调和的矛盾。事业和家庭，不是哪个多一点哪个就少一点，哪个好一点哪个就坏一点。谁说它们不能互为转换、相互促进、共同成长？成熟的婚姻，总能给个体以充分的自由。又唯有独立而自由的灵魂，才能品尝到爱情的甜蜜之花、婚姻的成熟之果。

女人

想不出用什么样的话语来描摹女性之美。设若这个女性是美丽且智慧的，便更让人怀着深深的倾慕了。但我以为，较之于善良，美丽和智慧又都是次要的。美丽的女子让人过目难忘；智慧的女子让人会心一笑；却唯有善良的女子，以她的内心，温润着我们日渐艰涩的情感。所以，这个世界可以少了美丽的女人，可以少了智慧的女人，却一定不可以没有善良的女人。

很少看到如周国平先生那样写女人的，文字唯美空灵。他一定深爱着女性。不独爱身边的那一个——对一个女人的爱，叫做爱情。而对女性的爱，更多地涉及女人身上的母性。这种爱是那么的自然、天真，宛若孩童对母亲的依恋。因为他说过，这世界上，唯有女人和自然，是他最愿意亲近的。同时我想，兼具母性和女性的女人,才可以叫做真正的女人。

女人是要先爱自己,才懂得如何去爱男人并得到真正的爱的。如果在爱情中找不到自己,那么最后,爱情也会离女人而去。

对于男人的霸道,女人只消用些小伎俩。女人天生就有一两拨千斤的智慧。

粗俗和愚昧的女人不唯让男人生厌,也让女人生厌。女人要有些小可爱,有些小清新,有些小情调,有些小智慧。

女人常有点石成金的智慧。让生活变成艺术,或者女人本身就是艺术。

总想着用容貌取悦异性的女性,内心一定是极不自信的。

男人惧怕思想深刻的女人。因为她有两样武器:第一,她是女人。第二,她有智慧。后者,让女人和男人站到了同一个高度。唯有站到同一个高度,女人才得到真正的爱情。因为真正的爱情总包涵着尊重和欣赏。

女人的话题里少不了男人。男人的话题也少不了女人。

因为亚当说，"这是我的骨中之骨，肉中之肉。"

聪明的女人要有自己的领地。她懂得如何经营自己的领地。譬如在领地中辟出一部分以满足男人的征服欲；譬如公然坚守一部分神秘让男人永远心驰神往。最重要的，她给自己留了足够的空间。这部分，代表着她精神的独立与自给自足。

女人有女人的理由。这个理由首要的是"谁让我是女人"，末要的仍为"谁让我是女人"。

和女人不要讲理，和女人讲理你永远不是对手。和女人不要讲情，和女人讲情你永远都是败者。女人是奇怪的动物，既在情理之中，又在情理之外。

女人是水做的。或者冷若冰霜，或者热腾如沸，或者凉如秋水，或者温如溪泉。不识水性的男人勿近。

女人是要有一点骄傲和跋扈的。骄傲和跋扈都给了爱着的那个男人。通常时候，女人是随和的。"女人通过征服男人而征服整个世界"。这是女人的聪明处，也是女人的可爱处。

聪明的，伊的眸子里的怨是因为爱啊。

较真的女人如若又是率真的,或者说小而又见其大,细而又见其粗,这样的女人是可以作为女人来交的;率真的女人如若又是不较真的,或者说大而又见其大,粗而又见其粗,这样的女人是可以作为男人来交的。较真而不率真或者两者无一,这样的女人是可以不交的。

聪慧的女子,懂得爱三分,让三分,留三分。还有一分,是给自己的随时而起随时而止的小性子。

就女人的品性而言,真得有些假,还是假得有些真,毋宁选后者。

清可见底,少了生趣。女人还是要有些百转千回,才见其妩媚,才见其妖娆。

"女性"和"母性"是同一。"女性"少了"母性",总觉得失了一个维度。恰恰是这个维度,让女性之为女性的气韵蔼然有致。而让男性爱得持久的,除了"女性",更有"女性"中的"母性"罢。

"女人"和"女孩"是不是冲突,就看你如何调和了。"女人"又不失少女情怀,不失几分娇羞、纯稚,算不得点睛之笔,也总是神来之笔。想来少女心态的女人是不会迟暮的。推此及彼,这个世界的善真和美,不曾随岁月减之一分。推彼及此,她的善真和美,也不曾随岁月减之一分。而让男人爱得轻快的,便也是这几分"少女性"罢。

　　要给女人"爱",更要给女人"尊重"。对于女人来说,"尊重"比"爱"更重要。"爱"总逃不脱自私和盲目,而尊重包含更多理知的成分。或者说唯有尊重才让一个女人在感情的选择上拥有真正的自由。

　　女人更善于坚持而不是决断,所以聪明的男人会先辟出一条路,或者让自己成为一条路。女人要做的只是顺着这条路一直走下去。

当爱成为习惯

Y 离婚的消息是早知道的,而且我是知道这件事的几个人之一。春节前的聚会,隔着偌大的桌子,他坐在我对面,就像一种惰性气体,满座的热闹似乎不是他的。我知道,Y 原本就不属于那种能成为话题人物的类型,放在人堆里,他不是打眼的那一种。

酒酣耳热之际,Y 绕过半个桌子,在我身旁的一个空位子坐下。他嘟囔着,"一年多了,我还是不习惯。"以我对他的了解,这句话,是他的真心。Y 是极重感情的人,对投缘的人容易付出感情,且总是记得别人的好。高中时代,我们常在一块出板报。我负责带三角尺,没那下一次。这件事过去那么多年,我早忘了,他却始终记得,且总在人前夸我的细心。

我说了些"本来就不是你的错,何必苦了自己""振作起来,忘记过去,重新开始"云云之类的话。却知道这样的话对他很难起作用的。因为，对错在他眼里，好像不是特别重要。对于负了他的人，如若不爱，却也不恨。他似乎真的只是不习惯，当爱成为习惯却又突然失去了爱。

人们常说惯例需要内化于心，学会它，然后忘了它。爱也一样吧。婚姻中的爱，往往是不跳不闹不起眼的素色。激情过后，爱，就成了一种习惯，就成了一日三餐、柴米油盐，自然无需再为对方花那么些巧心思去制造浪漫和惊喜，但却又总会在疲累时、烦恼时、欢喜时自然地想到身边的那个人。真真是"你爱，或者不爱我，爱就在那里，不增不减"那样的境界。这么想来，Y的不习惯，是可以理解的。

从初恋相识时对彼此肉体与情感的痴迷，到热恋初婚时双方性与灵的炽热交融，到婚后若干年的"爱成习惯"，再到年老时情意融融的相互搀扶，我们的"爱"总要走过相爱、相恋、相依这样几个阶段，而且，爱会越来越成为一道熟视无睹的风景。其实要做的只有两件事。第一件，如果某个阶段因为这样那样的原因我们的爱没有继续下去，那么，我们要学会如何放弃爱她(他)的习惯，换一个轨道重新开始生活。第二件，当爱成为习惯，当我们漠视甚至忽视对方，不再怀着惴惴的心将对方捧在手心并视一切爱和付出为理所当然，请记得，于婚姻生活而言，这实在是一种危险。因为婚姻，只有当它平淡而不乏真趣，静谧而充满生气时，才能吸引人，才能长久。对于曾经那么爱的人来说，爱其实一直就在那里，需要的只是彼此对爱的珍惜和细心的体会。

家

夜里梦见崎的小女儿宗宗。

小姑娘是特别粘人的那种,当然,因为崎是全职妈妈,小姑娘粘的人自然是她。夏天去苏州时,买了裙子和透明的海洋球"讨好"这个小可人儿,心想哪怕只是贴着她粉嫩的小脸蛋蹭一蹭嗅一嗅也好啊。可她偏是不买账。一顿饭后,似乎熟络了些,看我们时的眉眼倒是不拘谨了,只是稍一挨近,她的身子便又刺猬般紧缩了起来,轻声而又急促地唤着"妈妈,妈妈"。

梦里,宗宗蜷在我怀里,和我特别的亲近。一会儿,她的爸爸妈妈要带她赶飞机了,我要赶紧把她送回去。呀,手忙脚乱中又忘了宗宗的衣服。

是了,崎6号要飞往澳洲,于是才有这样一个梦。

中秋那天,崎在短信里说,我要离开苏州

了,下一站漂泊墨尔本。

"漂泊",多么沧桑的字眼。我去过她在苏州的家,亦商亦居。除了孩子的玩具,我没看见那些普通人家里用不着又不舍得扔的小物什、小摆设,或者哪怕稍稍用心修饰过的一个小角落。租的房子是无法给人带来家的安定和随意的吧。那么这些年来,苏州只是崎人生旅途短暂停留的一个驿站了。我不禁有些怅然。

只是,崎的脸上依然写着小女人的幸福。

她和韩是大学同学。崎从过去的婚姻中走出来之后,他们走到了一起。对于崎的突然离婚,我有几分错愕。崎是传统的女人,在我看来,是不会轻易将家拆散了的人。我也去过她过去的家,看着整洁舒适,怎么会说散便散了呢?后来我和她在上海见了面,以为离婚后的女人是需要安慰的。只是,崎一脸平静,和我聊到深夜。那时我想,一定已有一份爱,一份大大的爱,挤满了她的心房。

韩给了她这份爱。

之后的日子,只是相互想起时的一通电话,或者她回了老家,一块聚聚。每回回来,宗宗都有大的变化,只是"粘"爸妈的性情未变。可以想见这个三口之家在那套租来的房子里是多么的相亲相爱。

崎起初并不愿意去澳洲。她在苏州时离家乡虽远,逢年过节立意要回一趟老家看看父母,还是可以办得到。这回去了澳洲,说要回来,恐怕是千难万难的事。只是,韩,还有宗宗,都是她的最爱,对父母的不舍,此刻也只有暂且舍下了。

我想，虽然他们的未来暂时是未知，虽然会有融入异国他乡的不易，但一起面对相互分担，亦会让未来的日子更品尝到亲情的可贵。而在想着彼此共同的未来时，若内心充满着的是憧憬和希望，是爱和力量，未知也并非那么可怕。

　　崎，爱的人在哪儿，家便在哪儿。想必你是深知的。在澳洲，在爱生根的地方，你们的家，一定会盛开如花。

命

H是我的同学。未相识之前,我猜这是一个女子的名字。同住一个校区的那段日子,他约过我一块散步,聊彼此的人生和家庭。

也许是妻子比他小许多,H对妻子极其体贴。H说家务事他包揽了,且烧得一手好菜。我笑他是标准的家庭妇男。当我说起某位女同学白得吓人的粉妆时,他突然说,我老婆的皮肤什么都不擦也比她好。这一回是他讪笑。H有才华,人脉也有。我问他为什么会几次放弃升迁到省城工作的机会。他说陪在老婆身边好。我觉得他太儿女情长。但是郎情妾意,小两口的日子就应当是这样秤不离砣吧。所以我没有往它处想。但H个性签名里的那句话,"和最爱的人相忘于江湖,和次爱的人相濡以沫",我一直觉得是有"故事"的。

渐渐熟稔时,他给我讲了一个"故事",故事的男女主角,是他和他的她。

那一次聊天,是我们一起去主校区听课的路上。H问我信命吗。我说信一点。他说他信,不得不信。然后他开始讲他的故事。

刚参加工作那会儿,有一次朋友介绍我帮别一位老先生翻译一份信稿。没花多长时间我就弄好了。对方要给报酬,我执意不收。人家过意不去,便说要给我免费算算命。一般年轻人哪会信这些。

我说,是啊。

那个人说,小伙子,你命中注定是会离婚的。

那人这么说吗?

是的,他就这么斩钉截铁地说。可那时我刚结婚不久,我们俩都年轻,甜得似化不开的蜜。

后来呢?

我根本没把他的话放在心上。妻子教书的学校离我教书的学校不远。除了上课,我们几乎朝夕相处。没有人不羡慕我们。

是呀,怎么可能离婚嘛。我绕回那句话。

她对我也很好。除了性格有点郁郁寡欢,脾气人品都没话说。可是,她的孤僻后来似乎更严重了,但我并不认为是什么大事。只觉得是自己陪她太少了。但还是陪她去了医院,医生说她有抑郁症。

抑郁症?用药了吗?

是的,但她不肯,她说怕影响身体。可是不用药,状况更糟糕了,她不能再上课,在家休养。有一次,我上课去了,她竟然偷服安眠药。我不能不上班,只好让她母亲过来看护。但是,怕来的事情终究是来了。趁她母亲不在时,她再一次自杀。我从学校赶回去的时候,已经迟了。

我听得一脸惊愕。

那一次,她真的走了,真的走了。H似在喃喃。

我后悔没有请假陪在她身边,后悔没有好好照顾她。这时想起算命的那件事,才意识到老先生的话是以她离开这样惨烈的方式应验的。你说我能不信吗?

应当是一个意外吧,不能怪你。我安慰到。

说完这句话我便不作声了。却又在心里默默地想,这真是一个可怕的命运符咒。

H说经历这样一次变故,他真的信"命"了,也把什么都看淡了。繁华也好,名利也罢,他都不去想,他只想尽可能多的守在现在的妻子身边。

这一次聊天之后,我一直在想H说的"命"。到底什么是"命"? 又到底有没有"命"? 如果我们没有错,上天也要惩罚我们,好人恶报、恶人好报,这是不是命;或者当我们把人生中的"偶然"想见为"必然",这是不是命;又或者当我们在自己的人生旅程中不得不经历一些事情、承受一些事情,这是不是命。

有时候我们可以选择自己的方向, 却未必能循着这个方向去到自己想去的终点。而有时候我们可以选择什么时候开始,却没有办法决定什么时候结束,或者在根本没有想见的时候,必须结束。有时候我们可以让自己去爱一个人,却没有办法让那个人一定爱上自己,或者哪怕彼此相爱,却未必能在一起。但,我们依然选择出发,选择前行,选择去爱,选择在一起。这,是不是命。

只想对 H 说,我们可以信命,但请更多的相信:命,在你坚强时,它被你握在手里;在你软弱时,你便被它握在手里。

爱在右,同情在左

1

世间爱,若只是男女厮守,七色花便只剩孤寂的一瓣。而譬如同情,慈悲,友善,感恩,回报,责任,担当,当每一个字眼都深深浸淫着爱,都坦露着爱的洁白无私的质地,才有善真与美的世界。

在不知来由、无所凭据的时光的流,确乎只有爱,只有这一种力量,可以摆渡众生向着喜悦和幸福而去。只是,爱若只是一个好听的名义或握在手中的器具,却未必能抵达彼岸。爱是爱的分娩。一枝一叶,一花一果,自然生发,生机盎然。若怀着心机,为美丽而粉饰,甚或为善真而岸然道貌,免不了惊悚出一身冷汗。

忆起冰心老人的一段话,"爱在右,同情在左,走在生命路的两旁。随时撒种,随时开花,将这一径长途,点缀的花香弥漫。使穿枝拂叶的行人,踏着荆棘,不觉得痛苦,有泪可落,也不是悲凉。"

是啊,不管爱将成为什么。不语不喧,只是坦荡地去爱,随时撒种,不问丰腴或者瘠薄,才会随时开花,才会在不经意间收获一径花香。

2

圣经罗马书经文说:"与喜乐的人要同乐;与哀哭的人要同哭。"这就是同情(sympathy)。心理学当中也有一个"共情"(empathy)的概念。一种解释即在人与人的交流中表现出的对他人设身处地理解的能力,也就是说关怀一个人,必须能够了解他及他的主客观世界。

仅就男女之情,爱和同情,是两种交织在一起的复杂而微妙的情感。由同情而渐生爱意,因爱而愿意蹈火赴汤;或者同情,却未必爱,却不能爱,却割舍和放下。前者是一种甜蜜,后者则是一种无以言说的痛楚。情感生活中,同情和爱,皆由感性的触动而起,心有戚戚,两者总是难舍难分。

及至世事,同情与爱,亦是人性中最美的两束光,如日辉月映,泽被万物。对孤零弱小,深怀怜悯;对境遇艰难,常有同情,并愿尽些心力,使同情从心底的相怜相恤,向外涌流成温暖的光热。而爱,也循着同情的血脉,汩汩而流,直抵人心。

同情常有悲悯的含义,被同情或视为弱者,是谁也不愿的。只是人间事,向来无法处处圆满。所以同情,便在径路的一边，婆娑成树荫绿影，散发出清淡的果香。你总可以借着它避躲烈日炙烤，挨过一时艰难。而爱，却是一种挺立的坚强和无畏。我们用同情抹去泪痕，收起悲凉，却更要用爱来撒播快乐，来使人生变得自信和坚强。

图书在版编目(CIP)数据

所遇 / 李霞著. —南昌:江西人民出版社,2014.11

ISBN 978-7-210-06745-0

Ⅰ.①所… Ⅱ.①李… Ⅲ.①随笔—作品集—中国—当代 Ⅳ.①I267.1

中国版本图书馆 CIP 数据核字(2014)第 244590 号

所遇

李霞 著
责任编辑:邓丽红
封面设计:同异文化传媒
出版:江西人民出版社
发行:各地新华书店
地址:江西省南昌市三经路 47 号附 1 号
编辑部电话:0791-86898702
发行部电话:0791-86898815
邮编:330006
网址:www.jxpph.com
E-mail:jxpph@tom.com web@jxpph.com
2014 年 11 月第 1 版 2014 年 11 月第 1 次印刷
开本:880 毫米 × 1230 毫米 1/32
印张:10
字数:200 千字
ISBN 978-7-210-06745-0
赣版权登字—01—2014—611
版权所有 侵权必究
定价:24.00 元
承印厂:南昌市红星印刷有限公司
赣人版图书凡属印刷、装订错误,请随时向承印厂调换